林文寶　編著

張晏瑞　主編

林文寶兒童文學著作集

第四輯　其他編

第十一冊
性別平等教育優良讀物
少年版（修編版）

性別平等教育優良讀物 少年版（修編版）

林文寶、嚴淑女　主編

張晏瑞　主編

性別平等
教育優良讀物 100

少年版(修編版)

主　辦　單　位：教育部訓育委員會
承　辦　單　位：國立臺東大學兒童文學研究所
計　畫　主　持　人：林文寶
計畫協同主持人：嚴淑女
研　究　助　理：吳文薰、林倩葦
執　行　時　間：2003 年 7 月～2003 年 12 月

《性別平等教育優良讀物 100 少年版（修編版）》原版書影

國家圖書館出版品預行編目資料

性別平等教育優良讀物 100　少年版(修編版)

發 行 者：黃榮村
主　　編：林文寶、嚴淑女
編　　輯：蔡正雄、施佩君、徐筱琳
　　　　　陳玉金、盧彥芬
封面插圖：張　瀛
封面設計：曹秀蓉
出 版 者：教育部
　　　　　臺北市中山南路 5 號
　　　　　02-23566051
承 辦 者：國立臺東大學兒童文學研究所
　　　　　臺東市中華路 1 段 684 號
　　　　　089-318855
　　　　　劃撥帳號：06648301
　　　　　戶名：臺東大學兒童文學研究所
承 印 者：
出版日期：2003 年 12 月
ISBN 957-

《性別平等教育優良讀物 100 少年版（修編版）》原版版權頁

序文　性別新視界

　　當兩性議題逐漸為朝野所重視，性別平等座談會在各地舉辦；當兩性教育平等中心在各級學校成立，九年一貫課程改革將兩性平等列入六大議題；當破除單身、禁孕條款等陋規的「兩性工作平等法」，在91年3月8日婦女節正式實施，我們終於有了「先做人，再做女人或男人」的覺醒，終於有了反省性別歧見的勇氣。

　　性別認同的養成從小開始，給孩子看的書是第一道要反省的關卡。

　　自2001年11月至2002年4月，本所受教育部委託承辦「性別平等教育優良讀物100 (兒童版・少年版)」編選工作。編選的書目經諮詢委員會決議，以兒童文學作品為主，原欲採納之光碟、有聲書與漫畫作品，因市場變化太快、作品主題不明顯，不列入編選項目中。此外，改寫國外兒童文學作品或翻譯不完整者，亦不列入考量。

　　此次編選的理論依據是女性主義與後殖民論述。在 Narahara, May 1998 年發表的研究論文〈Gender Bias in Children's Pictures Books：A Look at Teachers' Choice of Literature.〉，所附之附錄B中，提到一般在兒童文學作品裡檢核性別歧視的條件是：

1. 女孩是不是得到技藝和能力而不是美貌作為回報？
2. 是不是顯見母親在外工作的寫實部分？
3. 他們(母親)是不是有些除了行政和專門技術以外的工作？
4. 有沒有顯見父親在撫育或花時間陪小孩？
5. 是否家庭所有成員都平等參與家務？
6. 是否男女都平等參與體能活動？

7. 是否男女角色人物都平等尊重彼此？
8. 是不是顯見男女都獨當一面、聰明而勇敢……有能力面對他們自己的問題並且找到自己的解決之道？
9. 有沒有任何詆毀的性別刻板的角色人物刻畫，例如「男孩是最棒的創造者」或「女孩傻瓜」？
10. 不是顯見男女都擁有廣幅的情緒、感覺和反應？
11. 男性代名詞（比方說 mankind, he）是不是用以指代所有人？
12. 女孩受重視的是否是成就而不是他們的衣著或外型？
13. 非人類角色人物他們的關係是否被以性別刻板擬人化（例如狗被寫成陽剛，貓則是陰柔）？
14. 女人和女孩是不是被描繪成溫順、被動而且極待幫助？
15. 資料是否反映了女人在今日社會的情況和貢獻？
16. 女性在除了主流以外的其他文化是否適切地被描述？
17. 諸如力量、同情、進取、溫情和勇氣等特質是否被視為人性而非性別特性？
18. 題材是否鼓勵男女看待自己是對一切對立和選擇有平等權利的人類？

　　綜合以上的理論基礎，我們歸納出七項檢核向度，分別為：

1. 明顯討論性別議題的作品：係指作者敏覺於性別議題，例如女性主義者或同志運動參與者等意圖

明顯的創作。

2. 顛覆性別刻板印象的作品：係指針對經典童話或民間傳說等傳統故事的重新詮釋，或依據當代時空環境、文學發展的時代意義，所改寫、創作的作品。

3. 創新性別敘事模式的作品：係指作者在故事裡呈現男女角色人物的身分、地位及情節發展模式有異於刻板化的處理、設計。

4. 刻畫積極女性形象的作品：係指作品不僅以女性為主角，並且賦予主角非傳統刻板化的形象，能呈現女性主體價值的創作。

5. 突破二元性別認同的作品：係指在建構自我性別認同的過程中能避免以強弱、尊卑等二元對立方式來認同性別的成長故事。

6. 闡釋性別平等意識的作品：係指講述同性或異性同儕彼此尊重，不以性別刻板印象相互傾軋的故事。

7. 尊重種族平等與同性戀的作品：係指以種族間兩性交往或同性相戀為主題的作品，並能打破不同性別與同種族交往的刻板印象，增加對不同種族兩性交往的接納度，給予主角以尊重與認同，而非歧視或輕蔑。

依據七項編選向度，我們搜集國內各年度圖書推荐與得獎作品目錄，如《好書指南》和《小太陽獎》等，並邀請國內兒童文學工作者及各大童書出版社提供相關書目，初步篩選出 300 本兒童文學作品，包括圖畫故事書、童話、兒童散文與少年小說等。

　　初選的書目經上網公告，集思廣益的結果，增加至
315 本。再經由編選委員：張子樟教授、柯倩華老師、
沈惠芳老師和兒童文學研究所研究生，共同依據初選書
目進行淘汰及分類，按讀者閱讀年齡分為兒童版與少年
版各 100 本。兒童版書目包括圖畫故事書、短篇童話、
故事等文類；長篇童話、散文、小說創作則列入少年版
書目。

　　入選書目由兒文所學生撰寫推荐理由，分兒童版、
少年版編印成冊，作為本土兒童性別平等教育的好書指
南。唯需特別說明的是，本書目之遺珠是認識與尊重異
性身體的相關讀物，雖然此亦為性別平等教育之一環，
但以此為主題的作品，往往以生理結構的介紹、青春期
身體的變化為重點，知識性大於文學性，而數量之繁雜
亦難以取捨，尚祈由讀者另行補充。

　　書目中包括傳世久遠的世界經典名著，考量寫作時
代的背景及作者的社會文化因素，與現今社會環境大有
出入，教師如欲以此做為性別平等教育的教材，需先導
讀或以師生共讀、討論的方式：避免學生產生困惑。

　　「性別平等教育優良讀物 100」或許不盡完善，卻
是一分對國內性別平等教育的關懷，我們期待可以藉由
童書中美麗的夢與想像，讓每個人——不分女人或男人
——都能受到完全的尊重，破除性別歧視、刻板印象，
讓每個人都能活出自己。

國立臺東大學人文學院院長

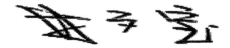

其　他

附　錄

同志童話

文本論及議題	性別平等教育主要內容項目
	兩性的成長與發展
	兩性的關係與互動
V	性別角色的學習與突破
V	多元文化社會中的兩性平等
	兩性權益相關議題

作　　者：Peter Cashorali
譯　　者：景翔
出 版 社：開心陽光出版有限
　　　　　公司
出版日期：1996 年 11 月
定　　價：220 元

　　民間口傳故事，將世代間共同的經驗與智慧一代代傳下，本書作者彼得・卡修樂里進行的正是這種神聖的說故事行為。為自己的，也是許多人的族群——同性戀族群發聲，打破了民間童話中強烈的異性戀傳統，破除雄／雌、強／弱、保護者／被保護者、男／女等二元的性別認同，為男同志改寫了童話故事，創作屬於他們的生命故事。

　　本書在立場和觀點上都加入了同志意識，包含許多重要的同志議題，和同志生命中各個可能遭遇的關卡，在〈金鑰匙〉和〈醜小鴨〉的故事中，讀到了出櫃現身和自我認同的矛盾；〈糖果屋〉看到男孩學習展演異性戀社會中禁忌的自我；在〈青蛙王〉中看到中年危機；在〈漁夫和他的愛人〉親密關係中的貪婪與角色扮演。也可看到作者為男同志的陰柔刻板印象平反，書中有許多健康的陽光男子，也有心地善良柔軟的斯文男孩，宣揚了愛和柔性的力量，也嘲笑了男孩文化所背負的雄性自大。此外，作者也用食人魔、食屍者等黑暗力量，嘲弄並且暗示異性戀社會對同性戀者的壓迫。

　　真誠而溫暖的愛是這些故事的共同主題，在〈長髮公子〉中，我們看到追求真愛的冒險，以及關於愛情與皮相之間的探討。作者也不忘提及對愛滋病與死亡的恐懼，〈死神教父〉想為心愛的人騙過死神，〈字簍裡的小矮人〉則逗趣的把謎題改為：「你為何是帶原者？」最終的謎題並不是為了道德懺悔或是科學研究，而是想告訴所有同志，它就是一種病毒，如此而已，用心去愛，不要恐懼。

　　作者在超現實的童話世界裡加入現代生活元素，以及雅痞式的同志文化，如健身房、服飾店等等，帶來滑稽的「笑」果，增加了此書的可讀性；不論是同志或非同志，大人或少年，只要放開心胸，如前序中霍凱所言「要以你的心去看，因為最重要的是，那些都是心的故事。」相信都能為作者的真誠書寫而感動。（盧貞穎）

醜女與野獸

文本論及議題	性別平等教育主要內容項目
V	兩性的成長與發展
V	兩性的關係與互動
	性別角色的學習與突破
	多元文化社會中的兩性平等
V	兩性權益相關議題

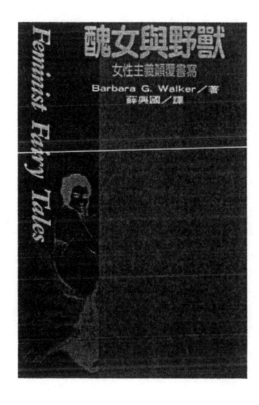

作　　者：Barbara G. Walker
譯　　者：薛興國
出 版 社：智庫股份有限公司
出版日期：1996 年 12 月
定　　價：240 元

　　《醜女與野獸——女性主義顛覆書寫》書名直接點出以「女性主義」觀點，改寫、創造我們所熟知的西方童話和神話故事，如「美女與野獸」、「灰姑娘」和「白雪公主」等，將故事中潛藏的「男人」觀點徹底顛覆，重新建構一個不以男性為主的女性世界。

　　作者重新建立的是異於男性威權的女性世界，從各個故事的編撰，可以發現作者企圖要我們回歸到最基本的認識、解釋世界的想像開始，讓女人展現出大地之母的風範，了解男人並不代表全人類，男人也不是女人鬥爭的元素。如改寫「白雪公主」的「夜雪公主」後母不再因為爭奪美麗而迫害公主，也並非如《令人戰慄的格林童話》因爭奪男人而對立，一改傳統童話邪惡的後母形象，反而是個有智慧、慈愛的後母，拯救了遭受壞男人離間、欺侮的夜雪。小紅帽的後世子孫「小白帽」再次進入森林，壞人變成淫惡的男人——獵人，殺害了母狼，還企圖玷汙小白帽，所幸外婆是個厲害的女巫，將獵人狠狠修理一頓。

　　故事裡的公主不見得都美麗高貴，王子也不見得都英俊瀟灑，如〈醜女與野獸〉中，醜女取代了傳統印象中的美女，也沒有令人期待的野獸變英俊王子，野獸依然是野獸，跳脫了外表的迷思，他們反而能從內在真正認識、欣賞另一個人，更能體會真愛。女人不再軟弱無能、不再是男人的附屬品，〈青蛙王妃〉中的青蛙，因為迷戀英俊的王子而與仙子交易變成公主，卻發現自己無法忍受人類的生活；她雖然深愛著王子，並試著調整自己配合王子的生活方式，但還是做不到，最後決定做回原來的自己，再回到池塘裡當青蛙，告訴女人不要為了愛一個男人而失卻了自己。真實的世界上，有些人盡管相愛但就是無法一起生活，有些不幸福的婚姻往往就是這麼而來的，其實做自己還是最快樂的。（紀采婷）

小王子

文本論及議題	性別平等教育主要內容項目
V	兩性的成長與發展
V	兩性的關係與互動
V	性別角色的學習與突破
	多元文化社會中的兩性平等
	兩性權益相關議題

作　　者：Antoine de Saint Exupery

插　　畫：Antoine de Saint Exupery

譯　　者：吳淡如

出 版 社：格林文化事業股份有限公司

出版日期：1998 年 2 月

定　　價：220 元

　　《小王子》對兩性感情的交流與描述不是以明顯、一般的方式呈現，可以說是性別敘事模式的新調。反映人類習以為常的成人理性思考造成的僵化，因此無論談論人與人的情感、生命等問題，都是以簡單但是意味深長的角色、言語和對話呈現，也因此小王子並沒有遇見「小公主」，而是與一朵玫瑰成為伴侶。

　　玫瑰象徵女性，亦象徵愛情。當玫瑰開花時，兩人開始對話與互動。玫瑰喜歡小王子，卻不知道如何表達愛意，她任性、驕縱，用刺來保護自己，直到小王子決定去旅行，她才明白自己是多麼在乎他。而小王子的愛一開始也不成熟，太在乎玫瑰反而讓自己感到痛苦，因此他決定離開。小王子的旅程雖然呈現出地球上可憐人類的生活縮影，另一方面，也想釐清他對玫瑰的心意與玫瑰對他的意義。

　　旅行中，小王子遇見情感上的啟蒙者──狐狸。狐狸從馴養的觀念，與小王子談起一個人如何與另一個人產生親密的情感，牠以充滿哲學味道的言語，告訴小王子：「真正重要的東西不是眼睛可以看得到的。」牠也讓小王子明白為何他對玫瑰會有如此深厚的掛念，那是因為他對玫瑰的付出，使這一朵玫瑰變得重要。

　　狐狸因為小王子的馴養，對生命產生獨特的感受；小王子因為離開了玫瑰，才明白愛是在心裡，不在於表象。他後來說道：「事實上，我不了解任何事！我早該用行為而非言語來判斷事物。她把滿身的香氣和光彩都感染給我，我真不該棄她而去……我早該料到這些拙劣伎倆背後所蘊含的都是款款深情。花兒是那麼樣的天真無邪！但是，我太年輕了，不知要如何來愛護她。」狐狸教給小王子的，無論是友情或愛情，都是一種尊重與付出──尊重對方的獨特性，並願意付出關懷與支持，這不正是兩性或同性之間相處最基本的態度嗎？

（陳素琳）

七個小矮人

文本論及議題	性別平等教育主要內容項目
	兩性的成長與發展
	兩性的關係與互動
V	性別角色的學習與突破
V	多元文化社會中的兩性平等
V	兩性權益相關議題

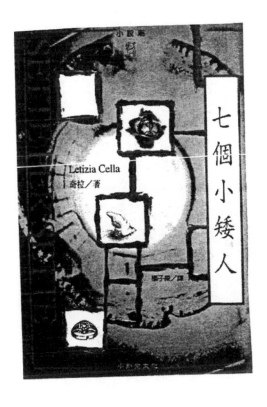

作　　　者：Letizia Cella
插　　　畫：Pic
譯　　　者：楊子葆
出 版 社：小知堂文化事業有
　　　　　　限公司
出版日期：1999 年 3 月
定　　　價：160 元

　　《七個小矮人》改寫並且延續了童話故事「白雪公主」的情節，當白雪公主和英俊的王子離開森林後，七個小矮人會過著什麼樣的生活？作者奇拉安排謝西兒進入小矮人因白雪公主離去而陷入混亂的生活中，但謝西兒的幫忙卻讓小矮人的生活陷入更加慌亂的局面。更由於謝西兒的慫恿，小矮人們踏上旅途，離家向東方尋求七個奇蹟，也就是能和小矮人們相配的七位小美女。

　　《七個小矮人》中的白雪公主，還是如同讀者們印象中的美麗、溫柔、善於烹飪與整理家務，還會唱好聽的搖籃曲。但這會兒出現的謝西兒可就不同了，她有一頭濃密捲曲耀眼的黑髮、黑色有神的小眼睛、一張大嘴以及參差疏落的牙齒，說話時還會漏風。這樣的謝西兒在外表上，與讀者早已習慣童話中麗質天生的公主形象更是大相逕庭。作者讓童話公主不再與美麗的外貌畫上等號，安排謝西兒不是尊貴的公主，而是「一位健康的女孩」並「到處找尋發財的機會」，在外表與職業上至少已是大大地顛覆了傳統。

　　作者刻意讓謝西兒不再符合傳統女性溫柔、賢淑的刻板印象，做菜難吃、不善家務，還會讓廚房起火、屋子淹水，唱歌也五音不全，這樣「雜亂無章簡直不像個女人」的謝西兒的確嚇壞了小矮人們。但出了家門，一切就不同啦！謝西兒在旅途中樂觀、開朗、能夠解決各種問題，還非常具有幽默感，是個不須依靠男人協助的堅強獨立女性，顛覆也打破了男性為賢妻良母型的女性所設下的各項標準。

　　雖然小矮人們努力尋求的七項奇蹟，也就是小矮人與小美女的配對上，呈現了傳統異性間互補的情況（例如：和善又會烹飪的小白皙，和挑剔且愛嚐佳餚的小嘮叨配成一對）；但黑鬍子國王願意跟隨謝西兒到處旅行的安排，卻又為兩性之間，提供了不同的選擇。(黃惠婷)

亞頓城的魔法

文本論及議題	性別平等教育主要內容項目
	兩性的成長與發展
V	兩性的關係與互動
V	性別角色的學習與突破
V	多元文化社會中的兩性平等
	兩性權益相關議題

作　　　者：E. Nesbit
譯　　　者：劉蘊芳
出 版 社：臺灣東方出版社股
　　　　　份有限公司
出版日期：2000 年 1 月
定　　　價：160 元

意‧奈士比特擅長描寫小孩的冒險故事，在她筆下的兒童形象都是聰明、活潑、富正義感的，而且在這些兒童的冒險故事當中，並不是只有男孩外出冒險，女孩只能待在家裡，而是男孩女孩一起冒險和闖禍、一起惹麻煩、一起解決問題，甚至有時女孩反而成為冒險的領導人物呢！有人說這些女孩正是作者意‧奈士比特本人的寫照。

《亞頓城的魔法》主角是一對活潑、聰明、勇敢的兄妹，為了尋找祖先埋藏的寶藏以整頓傾頹的城堡，企圖回到從前。在他們乘坐時光回溯器，一次又一次的穿梭在過去和現在的冒險之中，我們可以看見這兩位小主角一再表現出他們的智慧與勇敢，尤其是姊姊愛菲達。遇到攔路強盜時，貝蒂堂姊不是歇斯底里的又哭又叫，就是嚇昏過去，而愛菲達卻顯出無比的勇敢，盡管被攔路強盜捉去也不顯現害怕，還發揮她的智慧與勇敢，成功地藏匿了自稱是國王的聖喬治騎士，盡管那只是一場他人的賭注遊戲。愛菲達不但勇敢機智，更在一次又一次的冒險中展現出她的仁慈，如在〈法國人登陸〉一章中，因為法國人將遇到船難而覺得難過。

在鮮活的男孩及女孩形象外，故事的靈魂人物——伊得思姑媽，更是一位具有時代精神的新女性，她扮演母親的角色照顧這兩個孩子，尊重孩子的個性和想法，是位堅強、果敢、主動積極的新女性。

從書中的人物刻畫上，我們可以看到積極、主動的女性形象，也可以看見男性和女性是站在平等的地位，互相尊重，男人不是唯一的強者，意‧奈士比特筆下的男女都是聰明而勇敢的，也都能獨當一面解決問題。

（紀采婷）

鐵路邊的小孩

文本論及議題	性別平等教育主要內容項目
	兩性的成長與發展
	兩性的關係與互動
V	性別角色的學習與突破
V	多元文化社會中的兩性平等
V	兩性權益相關議題

作　　者：E. Nesbit
譯　　者：海星
出 版 社：臺灣東方出版社股
　　　　　份有限公司
出版日期：2000 年 1 月
定　　價：160 元

當父親不在家，無法擔負一家之主的責任時，母親該怎麼辦？意・奈士比特的《鐵路邊的小孩》說的就是父親遭受誣陷入獄，母親如何帶著孩子堅強過日子的故事。

故事中的母親，堅強又慈祥，對於丈夫被誣陷，表現出無比堅強、獨當一面的性格，一方面要為丈夫洗刷冤屈，一方面要賺錢養家，並照顧年幼的孩子。她也是一位具有愛心與正義感的女性，不僅收留了遭受迫害的落難俄國人，並幫助他和家人團聚。因為她的智慧與善良，使她受到鄰居朋友的讚揚，而給予百分百的肯定與尊重，這就是新時代的女性形象。

母親做了良好的身教示範，孩子當然也和母親一樣聰慧、懂事。我們從兩個女孩和一個男孩成長、冒險的故事中，看見他們之間了解自己，彼此尊重，並且能夠在適當時機發揮個人的長處，肯定自己的價值。在〈受傷的紅獵犬〉一章中，他們在山洞中發現了受傷的小男孩，能馬上做出判斷，向外求救；並發揮個人不同的長處分工合作，如芭貝較會照顧人，負責留下來照顧受傷的小男孩，彼得跑得比較快，和菲兒一起找人來幫忙；就這樣各司其職的幫助了小男孩。從這三個小孩的個性及行為上來看，沒有所謂男孩就聰明勇敢，女孩就愛哭懦弱的刻板刻畫，作者藉由醫生告訴彼得的話：「小男孩多半比較好動、膽大和愛冒險，小女孩則比較敏感，男生承受力比較強——不強就沒法打仗了——對刺激比較不敏感，女生卻不是這樣，刺激的東西對她們來說是可怕的，但是奇怪的是，在某些情況下女生卻比男生更勇敢。」點出了作者刻意突破性別刻板化的意圖。

《鐵路邊的小孩》的主角們，都顯現出他們獨當一面、聰明、堅毅而勇敢的性格，這種性格，不分男女，每個人都具有。（紀采婷）

政治正確童話

文本論及議題	性別平等教育主要內容項目
	兩性的成長與發展
	兩性的關係與互動
V	性別角色的學習與突破
V	多元文化社會中的兩性平等
V	兩性權益相關議題

作　　者：James Finne
　　　　　Garner
譯　　者：蔡佩宜
出 版 社：晨星出版有限公司
出版日期：2000 年 7 月
定　　價：150 元

　　當那些充斥各種傳統意識形態的童話美好世界，與當代凡事矯正的「政治正確」潮流相遇，會產生什麼火花？本書就是這樣的嘗試。

　　你將會看到：小紅帽抗議森林從業員(樵夫)介入她和野狼的戰爭，「性別歧視者！物種歧視者！你以為沒有男人的幫助，女人和野狼就不能解決他們自己的問題？」國王的新衣被人民解釋說成「國王只不過是在示範一種可以自由穿脫衣著的生活型態。」三隻小豬則對大野狼大叫：「滾開！你這個肉食性的帝國主義壓迫者！」作者詹姆士・芬・加納秉持著政治正確的精神──敏感神經、冗長名詞，再加上使用過度修正的「政治正確」原則，寫出這本向「偏見與歧視」宣戰，卻又令人忍俊不住的幽默故事。

　　童話中的美麗公主當然是作者顛覆的一大主題，他改編了〈灰姑娘〉、〈萵苣姑娘〉和〈白雪公主〉等公主故事，將她們由等待幸福的公主轉變為自由獨立的新女性，並且嘲諷童話中保護者角色的男人，反將了童話中陽物中心主義一軍，顛覆童話故事中各種刻板典型，嘗試為巨人、熊和壞後母等反派角色平反。

　　作者也創新了童話敘事，納入了現代社會的各種議題，為角色的情境作解釋。除女性主義在公主故事的運用，作者用帝國主義詮釋大野狼對小豬的侵略，藉〈哈姆林的吹笛手〉談理想社會制度問題，也逗趣的在〈三隻山羊〉故事中寫出過度修正的道德感，在〈小雞的訴訟〉中寫出法律在現代社會的荒謬現象。

　　捧腹大笑之餘，書中誇大處理的傳統意識形態，更是提供讀者深思之處，此書是極佳的討論教材，可帶領學生反思傳統童話中隱含的意識形態，更可對書中提到的各種政治正確目標進行探討，與學生一同感受「過度修正」和傳統童話擦出的滑稽火花。（盧貞穎）

守著孤島的女孩

文本論及議題	性別平等教育主要內容項目
	兩性的成長與發展
	兩性的關係與互動
	性別角色的學習與突破
V	多元文化社會中的兩性平等
V	兩性權益相關議題

作　　者：Harry Mazer
譯　　者：姜慶堯
出 版 社：英文漢聲出版有限
　　　　　公司
出版日期：1989 年 6 月
定　　價：243 元

　　歐麗兒出生在富裕的家庭，穿著名牌服飾，在貴族學校讀書，但她一點也不快樂。她自卑而軟弱，心情不好就會藉吃東西來發洩，因而身材肥胖，不僅要忍受祖母的譏嘲，也影響到她的人際關係。盡管她的一切聽起來這麼糟，但她仍擁有兩個她愛且愛她的人——母親與妹妹。然而造化弄人，在她十六歲以前母親與妹妹相繼過世，幾近崩潰的歐麗兒，選擇了出走來逃避悲傷，也遠離冷漠的父親與祖母。

　　歐麗兒自小是溫室的花朵，離家出走的目標只能是父親的私人島嶼，她甚至打著如意算盤：那兒會有棟舒適的木屋。結果卻出乎她意料之外，木屋被燒毀、食物遭竊、獨木舟在暴風雨中毀損，寒冷的冬天接踵而來……就像女性版的「魯賓遜漂流記」，歐麗兒在飢寒交迫的孤島上，學習求生，了解如何自處，並在逆境中體會生命的真義。最後孤獨的小女孩，不僅走出受困的孤島，也走出心靈的囿限，浩劫重生之後，她學會掌握自己的生命，而這分自信使她找到努力的目標。在最後她與祖母的對話中，歐麗兒已能勇敢地表達自己。當祖母說：「你做的事有些是非常特別的，這點我倒很佩服你，不過我還是希望你能恢復正常，重過正常的生活。」歐麗兒的回答十分耐人尋味：「我可能會，只要我們對『正常』下了相同的定義。」

　　歐麗兒的角色，提供了女性自我追尋的典範。她的懦弱與自卑，並非身為女性的原罪，而是在成長過程中無法得到認同。父親的冷淡、祖母的威權，讓歐麗兒心靈空虛，不知道自己要的是什麼，更不知道自己擁有什麼。直到透過離家追尋的過程，她終於能突破心靈的困境，獲得自信，且這份自信是發自內心，而不是外塑的假信心，歐麗兒證明了：女性不是天生的弱者，但人的成長並非奇蹟，它絕對要你付出心血才能獲得，無論你是男是女。（施佩君）

奶　奶

文本論及議題	性別平等教育主要內容項目
	兩性的成長與發展
	兩性的關係與互動
V	性別角色的學習與突破
V	多元文化社會中的兩性平等
	兩性權益相關議題

作　　者：Peter Hartling
插　　畫：Mette Ivers
譯　　者：張南星
出 版 社：富春文化事業股份
　　　　　有限公司
出版日期：1989 年 7 月
定　　價：120 元

　　五歲的卡爾在一次車禍中失去父母，年邁的奶奶獨排眾議，接下了照顧他的重任，於是卡爾轉換了成長環境，奶奶也開始了她所謂的「第二次人生」，兩人學習互相適應，尋找最適合彼此的生活方式。讀者在篇篇串聯的小故事中，分享祖孫倆的情感和生活點滴。

　　奶奶在書裡扮演了舉足輕重的角色，因為收養了卡爾而更積極努力地營造祖孫倆的人生，不僅將卡爾漸漸扶養長大，也在這段歷程中，獲得對生命的新動力與新體認。雖然在收養卡爾時，奶奶已年近古稀，有著既定的生活習慣與經驗，但卻因為卡爾的加入，而重新調整自己的生活方式與觀點，並且經常對自己的行為與觀念作審視與反思，不斷地進行修正。從每篇故事後緊接著出現的奶奶的感想與反省，都可以看到她所做的努力與個人的再次成長。

　　奶奶扮演的不只是一位和藹長者的角色，還必須肩負著父親與母親的責任，但她從不言後悔，全心只想扶養孫兒長大成人，盡可能讓他過著多姿多采的生活，於是她積極地面對新的人生，挑戰自己過去長久以來的觀念。不同於我們想像中已準備安養天年的老人家，奶奶仍不斷地求新求進步，除了具有堅毅的韌性之外，也具備了積極求進的特質，動力看似皆來自孫兒卡爾，但一切努力則全都歸諸奶奶本身。

　　沒有刁鑽古怪的個性，沒有神祕令人好奇的舉止，奶奶其實跟一般人無異，她也會生氣、害怕或煩惱，她也有對事物產生興趣的時候，同樣無法抗拒身體漸漸虛弱的事實，奶奶就像我們生活周遭的老人家一樣真實，書中的生、老、病、死，也正如真實人生無可避免。這樣一本貼近真實人生的書，更能讓人對其中內容深感同心。（凌夙慧）

通往泰瑞比西亞的橋

文本論及議題	性別平等教育主要內容項目
V	兩性的成長與發展
V	兩性的關係與互動
	性別角色的學習與突破
V	多元文化社會中的兩性平等
V	兩性權益相關議題

作　　者：Katherine
　　　　　Paterson
譯　　者：鍾琡
出 版 社：英文漢聲出版有限
　　　　　公司
出版日期：1989 年 8 月
定　　價：540 元

　　故事發生在美國鄉下的小鎮——雲雀溪，時間則是六、七零年代，美國反越戰與嬉皮運動正興盛的時候。

　　傑西是個健康、活潑又努力的五年級男孩，喜歡在農場與學校操場上奔馳，也喜歡贏的感覺。柏斯萊則是一個「不像大家心目中女生」的女生。上學第一天，「柏斯萊仍舊穿著那件褪了色的、剪掉半截褲管的牛仔褲，以及那件藍色汗衫，她那光禿禿的腳丫子只套了球鞋，沒有襪子。」其他同學則「每個人都穿著自己最好的衣服，一本正經地坐著。」但柏斯萊的落落大方，面對同學的驚訝與注目，她的眼神流露出「好吧，朋友們，這就是我」的訊息。

　　如果這個女生的穿著，在幾乎所有的女孩都穿著內有蓬襯裙的圓裙的情況下，已經夠教人注目了，那麼接下來她做的許多事，便更教人驚奇。女孩們在內操場玩著跳房子一類「女孩子玩的遊戲」，男孩子才能在外操場上如閃電般奔馳和賽跑，這是雲雀小學不成文的規定，柏斯萊卻在開學第一天就參加了對手全是男孩子的賽跑，而且贏過所有的人。

　　除了柏斯萊外，音樂老師艾德蒙小姐也是他人議論的對象，因為他們都不符合當時社會所賦予的女性形象，而被帶有輕視的味道地稱為「嬉皮」。然而作者卻賦予這群被歸類為嬉皮的人們正面形象，包括柏斯萊的父母親，即使十分富有，卻謹守著儉樸與自然的生活，完全不顧他人的眼光。

　　傑西與柏斯萊雖然是異性，卻發展出比同性間更親密平等的友情。這段友情不但跨越了性別的界線，更讓傑西超越了死亡帶來的悲傷。青少年時期，異性之間常有著壁壘分明的劍拔弩張，社會上的限制反而使柏斯萊與傑西兩人心靈更親密的聯繫，因為他們共同守著祕密友情與祕密王國，只有他們兩人的世界，即使柏斯萊意外去世之後，濃厚的情感仍使逝者的精神透過另一個人繼續傳承下來，在泰瑞比西亞王國裡，男孩與女孩將會是一同歡笑著的。
(楊雅涵)

討厭艾麗絲

文本論及議題	性別平等教育主要內容項目
	兩性的成長與發展
	兩性的關係與互動
V	性別角色的學習與突破
V	多元文化社會中的兩性平等
V	兩性權益相關議題

作　　者：Robin Klein
譯　　者：李文瑞
出 版 社：英文漢聲出版有限
　　　　　公司
出版日期：1989 年 10 月
定　　價：396 元

　　朱小梅一直覺得自己是全校最優秀的學生，她喜歡「為事情添上一些枝葉，使它更有趣。」夢想能成為舞台劇女演員，離開這個小鎮和鬧哄哄的家，這一切卻因轉學生艾麗絲而改變了。艾麗絲是從高級住宅區黎明區轉來的學生，她是朱小梅看過最美麗、最優雅的人了，羨慕和忌妒讓朱小梅同時討厭艾麗絲，又渴望能成為她最好的朋友；矛盾的心態讓她擺出姿態膨脹自己，直到野營之夜，她終於正視自己的弱點和真正的長處。

　　「忌妒」是友誼小說的重要主題，作者蘿冰‧克蘭以女性作家特有的細膩筆觸，鮮活的以第一人稱刻畫出少女在自我認同和人際關係的煩惱。

　　透過朱小梅的眼睛，我們看到芭蕉鎮的形形色色：她混亂卻讓艾麗絲感到溫暖的家庭；艾麗絲在朱小梅眼裡優雅高貴的衣著、姿態，精緻的日用品，以及樣品屋般的美麗宅第。在朱小梅怨艾渴慕又酸溜溜的描述中，我們看到敏感的少女在意識到階級差異而出現的複雜思緒，她所能做的就是在不安全感中產生「說謊」這個自我防衛機制；在她和艾麗絲兩人互相試探、互相了解的過程中，朱小梅從長滿刺的仙人掌，開始發現自己的極限和長處，在友情、親情和自我了解中漸漸柔軟，學會肯定自己，也欣賞他人。

　　書中描寫了多樣的女性形象：我們看到朱小梅熱情活潑的媽媽，和幫派鬼混的姐姐桃麗、愛馬成痴的妹妹吉姐；看到嚴厲的導師貝爾小姐、制式化的醫護老師和有母愛的幼稚園老師、民族風的美術老師、仁慈的圖書館老師……當然還有我們的主角和同學們，黑髮而富有想像力的朱小梅、美麗而早熟的艾麗絲、遲鈍的馬芝、愛漂亮的溫蒂等；這些女性角色各有特色，也各自流露充沛的生命力，在這部少女成長小說中，一同展現積極的女性力量。（盧貞穎）

海豚少年

文本論及議題	性別平等教育主要內容項目
	兩性的成長與發展
	兩性的關係與互動
V	性別角色的學習與突破
	多元文化社會中的兩性平等
V	兩性權益相關議題

作　　者：しんとうぎんこ
插　　畫：林靜一
譯　　者：林立
出 版 社：富春文化事業股份
　　　　　有限公司
出版日期：1990 年 4 月
定　　價：120 元

　　《海豚少年》藉由小主角「洋次」的口吻與心境，表達在單親家庭成長的小孩心中的困惑和矛盾、無助與成長。洋次小學剛畢業，尚未入中學就讀，因為爸爸再婚必須離開自小熟悉的生活環境，和爸爸一起搬到新媽媽家去住。在尚未開展出屬於自己的新世界之前，還得面臨適應新家人的問題，洋次常常把這種不安定的感覺，比喻成在大海裡游泳。除了洋次，還有洋次的新妹妹光兒，以及小學時期的好朋友小茂，也都屬於再婚家庭的小孩。作者站在孩子的立場，說明大人有的複雜感受、心緒變化，孩子們一樣會有，讓我們感受到這些再婚家庭小孩的寂寞和無助。

　　在我們感受到父母親的照顧和關懷之下，其實還有很多孩子，在他們成長的路上，缺乏父愛或母愛。一個單親家庭，無論大人或小孩，都可能承受著許多的壓力和掙扎。面對這樣的不平衡狀態，如同游乾桂先生在前言所說：「『單親』的確是孩子成長中的窘境。如果不使這窘境嚴重影響孩子的人格與發展，最好的方式莫過於『面對』它，並陪孩子走過這條漫漫長路。」如果失去父親或母親是一種遺憾，家長必須付出更多的愛和包容，帶領著孩子走出這個遺憾，協助他們順利的成長。就像在本書的結尾處，洋次的內心在幾經掙扎、抗拒之後，最後終於能以自己的方式，坦然面對未來的新生活一般。

　　本書提供我們一些省思：單親家庭數量快速增加的現代，我們如何看待一個家庭中，父親或母親其中一方的缺席，對孩子造成的影響？以及在兩性分工的社會，單親家庭中「父代母職」或「母兼父職」的問題，和其解決的方式。（王韻明）

綠色屋頂之家的安妮

文本論及議題	性別平等教育主要內容項目
V	兩性的成長與發展
V	兩性的關係與互動
	性別角色的學習與突破
V	多元文化社會中的兩性平等
V	兩性權益相關議題

作　　者：Lucy Maude Montgomery
譯　　者：李常傳
出 版 社：可筑書房
出版日期：1991 年 7 月
定　　價：160 元

　　不知道大家還記不記得一部知名的電視影集「清秀佳人」？《綠色屋頂之家的安妮》就是這部影集的原著小說，作者露西‧M‧蒙哥馬利的出生地加拿大愛德華王子島，正是這部小說的重要場景。

　　故事敘述紅頭髮的孤女安妮，擁有過人的口才與想像力，在輾轉流落幾個家庭後，來到綠色屋頂之家，領養她的是一對年紀雖大卻沒有結過婚的兄妹，馬修與瑪莉娜。自從安妮來到這個家之後，原本平靜的日子開始出現大大小小的趣事：和學校裡的男孩子吵架、將頭髮染成綠色，還有一次被困在橋墩上，幸好遇上同班的男同學吉魯伯特搭救，才有驚無險地獲救。漸漸的，安妮長大成為一位亭亭玉立的少女，她的功課一向很優秀，在取得教師證書之後，也順利拿到上大學的獎學金，卻在此時失去愛護她的馬修，為了陪伴孤獨的瑪莉娜，安妮決定放棄獎學金，以函授方式進修，並和從小吵到大的吉魯伯特言歸於好。

　　作者將安妮刻畫成感情豐富、樂觀進取的女孩，雖然總是有意外發生，但是安妮並不因此而頹喪，她這麼說道：「一個人的失敗有限，把失敗通通做完，不就不會有失敗了嗎？」此外，以當時的時代背景而言，安妮代表新一代的女性，不似其他女性以婚姻為人生目標，安妮積極追尋自我的價值，不但在功課上與男性一較長短，同時也期望進入大學接受高等教育。

　　本書的女性和男性有著相等的地位，能一起上學、參加表演。在男女相處方面，書中對學生時期清純的兩性情誼有細微的描繪，同一個學校中的男女同學之間，有暗戀、傳言，也有相互競爭和幫助；男女同學的地位是平等的，男性並沒有性別上的優勢或特權，女性亦不處於卑下或服從的地位。在青少年情感交流日益頻繁的今天，值得推薦給所有青少年一看再看。（陳瀅如）

少年噶瑪蘭

文本論及議題	性別平等教育主要內容項目
	兩性的成長與發展
	兩性的關係與互動
	性別角色的學習與突破
V	多元文化社會中的兩性平等
	兩性權益相關議題

作　　者：李潼
出　版　社：天衛文化圖書有限
　　　　　　公司
出版日期：1992 年 5 月
定　　價：230 元

　　整部臺灣的發展史，是許多民族共同寫成的，噶瑪蘭人也是一員，只是在時代的變遷裡，這個族群已漸沒落，慢慢被人們淡忘，包括被他們自己。《少年噶瑪蘭》以十四歲的潘新格為主角，伴隨幾個人物，帶領讀者走進現場，深入噶瑪蘭世界，以認識他們的文化，體驗他們的生活。

　　有關原住民的題材，隨著鄉土文學抬頭，近年來漸受重視，喚醒我們關懷多元文化的意識。作者以魔幻寫實的手法，在舊時光和新時代間，任筆尖自由擺盪，時而留在現代，時而回到過去，有時又兩者交錯，讓讀者對這個民族過去的處境，以及現在的困境，能夠有平衡的了解。

　　潘新格和許多讀者差不多，對自己家族的過去、家鄉的歷史，完全沒有什麼認識，因此每當有人提起他的身分，例如對他說「你這指甲，有個摺痕，你是不是平埔族噶瑪蘭人？」往往令他發出幾近瘋狂的大叫。他認為那樣的稱呼，就是被人家說成「番仔」，象徵野蠻、無知和落後，是非常沒面子的事。這一種自卑的心態，反射自他人對原住民的殘餘印象，也源於對自己民族的不了解。作者藉由各個同儕的觀點，有的幾近嘲諷、有的表現同情、有的完全認同，但是都語調柔軟，筆調溫和，以點出真實的多面，不帶種族歧視，帶領潘新格以積極的態度開始尋根之旅。

　　經由那段超越時空的經驗，讓讀者跟隨潘新格，感受噶瑪蘭人樂觀和熱情的天性，了解他們天真、真誠和勤奮的性格，然後讓阿公說：「真正理解的好朋友，不敢隨便罵人『番』。什麼叫『番』？各人思想不同，宗教信仰不一樣，生活方式不相像，誰看誰是『番』？智識交換、姻親相結和血統互通，時代走到今天，哪還有真正的『青番』？說人『番』的人，自己才不開化！」以帶出種族間應互相理解的主題，彼此相互諒解，進而認同、互助，促成種族間的平等。（蔡正雄）

小婉心

文本論及議題	性別平等教育主要內容項目
	兩性的成長與發展
	兩性的關係與互動
V	性別角色的學習與突破
V	多元文化社會中的兩性平等
V	兩性權益相關議題

作　　者：管家琪
出 版 社：天衛文化圖書有限
　　　　　公司
出版日期：1992 年 6 月
定　　價：190 元

　　這是個以抗戰和剿匪時期為背景的故事，沒有槍林彈雨的情節，卻嗅得到濃濃火藥味；沒有橫屍遍野、血淋淋的畫面，不過受到千年文化的影響，卻看到了一個個心靈受創的女性。

　　小婉心在貴州遵義長大，直到十三歲回南京老家前，從來沒有見過爸爸、媽媽和弟妹們，生活裡只有奶奶、大伯和勤務兵王大同。到了一家人團聚的日子，她終於見到他們，卻發現自己跟他們長得不像，加上媽媽對她的態度非常冷淡，便生起「自己是不是媽媽親生」的疑問念頭。在追根探源中，她發現幾個女性的祕密，以及男性對女性的傳統態度。

　　本書採小婉心的見聞為敘事觀點，譏笑了「重男輕女」的舊有思想，十三歲的她從中揭露了男性的態度、女性的無奈和兩代女性衝突的矛盾。

　　衝突肇因於奶奶對兩個媳婦的妒忌。先是嫌棄大伯的太太——宋阿姨出身不好，便看她不順眼，逼得大伯只好跟她離婚；再者不喜歡小婉心的媽媽。小婉心基於這兩件事，對把她帶大的奶奶，產生了不諒解和疑惑之心。

　　女性的無奈，也反應在這三個女人身上，但有積極和消極之別。奶奶年輕時即守寡，一手撫養孩子長大，展現女性堅韌的一面，但是待媳婦娶進門，卻恐孩子為此冷落她，於是想盡方法逼走並冷落她們。小婉心的媽媽是被強娶來的，根本沒有感情基礎，又不受婆婆的喜歡，便終日躲在閣樓裡。相較於小婉心的媽媽，宋阿姨倒顯得積極，擺脫了「嫁雞隨雞」對女性的束縛，說出：「我不想跟一個為了取悅母親，竟不惜打老婆的人過一輩子！」

　　男人總是把自己列為優先的，重男輕女的觀念就是關鍵。爸爸在逃難時，就說：「允文、允武是男孩，一定要先走……」最後在萬頭鑽動的逃亡中，小婉心的媽媽反而扛起重擔，擊潰了男尊女卑的框架，把女性的軟弱化為積極的力量，對小婉心而言，具有正面激勵的作用。

　　　　　　　　　　　　　　　　　　　（蔡正雄）

瑪迪達

文本論及議題	性別平等教育主要內容項目
	兩性的成長與發展
	兩性的關係與互動
V	性別角色的學習與突破
V	多元文化社會中的兩性平等
V	兩性權益相關議題

作　　者：Roald Dahl
譯　　者：何風儀
出 版 社：漢藝色研文化事業
　　　　　有限公司
出版日期：1992 年 12 月
定　　價：140 元

　　瑪迪達是位足智多謀的小孩，作者以縝密的布局，安排了這個小女孩成長於一個重男輕女的家庭中，對於平庸的哥哥與不凡的妹妹，父母以極其偏頗的性別取向對待，突顯了瑪迪達聰穎的一面，與不屈服的個性，顛覆了傳統女性柔弱、沒有智慧的刻板印象。

　　書中作者極盡描繪之能事，以聰明伶俐的瑪迪達，充滿愛心而善良的哈妮老師，和庸俗的華吾得太太（瑪迪達的母親）以及令人憎恨的唐布校長作一個明顯的對比。我們可以看出作者強烈的企圖心，積極刻畫女性多元的形象，呈現女性主體的新價值觀，四位女性展現出不同的典型，尤以瑪迪達為其中之翹楚。她以智取勝，使我們深思女性在社會上所扮演的角色，不應再是被動和弱勢的一方，而瑪迪達勇於突破現狀，不甘受父親的冷落、輕視，不甘侷限於唐布校長的成見，自我解圍之際，也能幫助周遭的人，若說哈妮老師是傳統的女性代表（柔弱、宿命論者），那麼瑪迪達則是反傳統、不向現實低頭的勇敢新女性。

　　故事之中，作者羅德・達爾以華吾得夫婦對於兒子的溺愛而漠視天賦異秉的瑪迪達，呈現性別態度在歷史和文化差異上相當重要的層面，不應該以性別來界定優劣，作者欲傳達一個兩性平等的訊息。但是，很可惜的是，仍舊無法跳脫傳統的窠臼，對於校長唐布小姐的形象，依然以雄性的特徵——孔武有力，才能令人震懾，使得作者極欲打破在現存傳統上的兩性刻板印象，有所折扣，實為美中不足之處。（ 林慧玲）

浪　潮

文本論及議題	性別平等教育主要內容項目
V	兩性的成長與發展
V	兩性的關係與互動
V	性別角色的學習與突破
	多元文化社會中的兩性平等
	兩性權益相關議題

作　　　者：Morton Rhue
譯　　　者：溫淑真
出 版 社：英文漢聲出版有限
　　　　　　公司
出版日期：1993 年 3 月
定　　　價：540 元

　　一位教學認真活潑的高中歷史老師，為了讓學生了解納粹政權下德國民眾的瘋狂行為，進行了一場課堂實驗。這場注重紀律、團結和行動的實驗，形成名為「浪潮」的團體，出乎意料地觸及到人性和青少年的血氣，不知不覺愈擴愈大，影響到全校師生，讓眾人沉迷於權力、優越感、盲從和法西斯主義中而不自知。

　　在這一場混亂中，作者莫頓・盧似乎特別要讓女性角色理性而不失獨立思考能力地超離於「浪潮」運動之外。首先發難的是女主角羅莉的母親，羅太太聽到女兒提起歷史課第一次進行的活動時，便提高警覺，表示自己不喜歡老師這樣「操縱」學生。歷史老師班恩的太太克莉絲蒂也向先生提出警告，希望他不要成為自己實驗裡的天竺鼠。然後羅莉也發現不對勁，第二堂歷史課後，她覺得這個運動怪怪的；隨著「浪潮」繼續擴大，學校發生了更多歧視、排擠和衝突事件，使得羅莉更加確定這是一場錯誤，想要挺身阻止。雖然因此與男友分手、與知己斷交，遭遇許多挫折，她還是相信自己的理性判斷，勇敢地堅持下去。這些敏感、聰慧又堅強的女性，似乎與書中其他男性角色形成一種對比。

　　作者除了刻畫積極、正向的女性形象之外，在人物個性塑造上也脫離了一般刻板印象的設定：班恩雖是男性，但是遇到機器就沒輒，完全得靠太太的巧手幫忙。足球隊的四分衛亞蒙，雖然如刻板印象中頭腦簡單四肢發達的運動員一樣，全部心思只放在體育運動上而功課不佳；但是在大維這個角色上，作者將他塑造為表現優異的足球隊員，同時對理工科的學術研究相當有興趣，和亞蒙形成對比。書中人物雖多，但是個性鮮明又不流於刻板，每一個角色都讓人印象深刻。因此本書除了情節生動、主題深刻之外，也相當符合性別平等教育所想要達到的目標，是本值得推荐的好書。（李畹琪）

少年龍船隊

文本論及議題	性別平等教育主要內容項目
	兩性的成長與發展
	兩性的關係與互動
V	性別角色的學習與突破
V	多元文化社會中的兩性平等
	兩性權益相關議題

作　　　者：李潼
出　版　社：天衛文化圖書有限
　　　　　　公司
出版日期：1993 年 11 月
定　　　價：150 元

　　賽龍舟一直是中國人的傳統，對故事中的上下兩庄
而言，更具有不同的象徵意義，因為它已有一百九十五
年歷史了，從不曾間斷，風調雨順的太平日子，當然照
常舉行，遇上天災人禍的亂年，不只是不能停止，更要
隆重的比上一場五戰三勝，藉以趨吉避凶，祈祝平安。
但是，自從阿公輩結下恩怨後，這項比賽便遭停辦。

　　停辦龍舟賽，不只讓兩庄的樑子愈結愈深，兩庄居
民間的感情也漸行漸遠，終致歷史和文化的血脈無法連
貫。看在兩庄青少年的眼裡，除了對老一輩的行徑感到
不解，也對結果心生惋惜，因而點燃他們激動的心，決
定組成少年龍船隊，藉以延續這項文化和歷史的傳承。

　　洪炳哥說：「他們年老的不划船，我們年輕的划；
他們年老的不往來，我們年輕的往來；他們結怨，我們
又不結怨！」林秀萍代姊姊林秀慧說：「……明年的端
午節，要是老人不想賽龍船，年輕人可以自己組隊，這
是保持傳統，祈求平安，也是健康和聯誼，連絡上下兩
庄的感情。再鬧下去，愈來愈疏遠……」對兩庄青少年
糾結的心，這些話多少化開了他們的心結。

　　為了組成少年龍船隊，他們不分男女，都全力的投
入，最積極的莫過於林秀萍了。這個就讀國中的女孩，
身上集合了各種特色：靈巧、伶俐和能幹等，替自己的
下庄到上庄發紅蛋，以及拉近姊姊和洪炳哥的關係，都
充分展現她促成兩庄關係改善的努力。

　　林秀萍的努力更表現在化解兩老的恩怨上。她設法
借到火炎公的大漁網，還說動他來到海口，甚至親自下
海，與她的阿公一同指揮兩庄的人牽罟，拉近了兩老的
距離，從牽罟當中再次凝聚默契。為了組織下庄的龍船
隊，她可是吃盡苦頭，最後終於如願以償。她的努力默
默地擴散，不只展現女性積極的形象，還磨平老一輩的
鴻溝，凸顯年輕一代的活力，更讓歷史能繼續傳承。

　　　　　　　　　　　　　　　　　　　　（蔡正雄）

小婦人

文本論及議題	性別平等教育主要內容項目
	兩性的成長與發展
	兩性的關係與互動
V	性別角色的學習與突破
V	多元文化社會中的兩性平等
	兩性權益相關議題

作　　者：Louisa M. Alcott
譯　　者：黃文範
出 版 社：志文出版社
出版日期：1994 年 3 月
定　　價：200 元

　　露薏莎・奧科特的小說《小婦人》敘述戰爭時期，一個有四姊妹的家庭，在父親不在家的情況下，一家人互相幫助度過了大大小小的風波。作者在富有教育性、趣味性的事件中，表達對當時年輕人的期望。

　　大姊美琪是個溫柔且善於理家的人。二姊嬌婀個性外向，有自己的主見，熱愛閱讀。三姊珮絲害羞內向，彈得一手好鋼琴。而最小的妹妹亞媚則是個愛漂亮的小女孩。在母親馬夫人的教導之下，四姊妹都依著自己的個性發展，同時保有做人應有的禮節與道德。鄰居駱老先生和孫子駱勞理因為馬家的一次善舉，而和馬家人成為好朋友，此後，兩家人在頻繁的互動間發生了許多有趣的事。

　　本書主要的故事圍繞在四個姊妹身上，尤其是二姊嬌婀是整部小說的重心。嬌婀不像一般的女孩子認為女人應該要順從家庭、努力尋找好丈夫，她有自己的風格，樂於和男孩子作朋友，因此與駱勞理結為好友。她喜歡閱讀，也喜歡寫作和演戲，然而在女紅方面，就不怎麼擅長了，但是嬌婀並不以為意，因為她想做的事可不僅僅是在家縫縫補補而已；她有著堅毅不屈的精神，尤其是當媽媽收到爸爸重病的電報時，嬌婀為了不向人卑躬屈膝地借錢，不惜剪掉美麗的長髮賣錢。故事中的男女地位雖然因時代背景影響，現代人看來似乎仍有不平等，但是，互相尊重的態度卻是古今皆同的，他們一同演戲、玩雪橇和出外旅遊；當馬家有困難時，駱家祖孫兩人會及時伸出援手，馬家則為原本沈悶的駱家帶來了活潑的生氣。

　　小說中的教育意味其實並不影響閱讀時的樂趣，因為本書的動人之處在於平實的敘述中，洋溢著熱情豐富的內心世界，因而能夠深刻地感動人心。（陳瀅如）

烽火洛瓦城

文本論及議題	性別平等教育主要內容項目
	兩性的成長與發展
	兩性的關係與互動
	性別角色的學習與突破
	多元文化社會中的兩性平等
V	兩性權益相關議題

作　　者：Nelly S. Toll
譯　　者：中唐編輯部
出 版 社：中唐志業有限公司
出版日期：1994 年 8 月
定　　價：200 元

　　《烽火洛瓦城》記錄二次大戰時期，一位猶太小女孩對德國在波蘭洛瓦屠殺猶太人的親身經歷。小女孩的童年原本無憂無慮，卻因為德國的種族優越主義而落入逃難的命運，她的生活只剩一個目的——活下去。

　　逃難過程中，她遭遇到許多歧視，對種族主義一無所知的她，一直不明白猶太人有什麼不對，人們為什麼憎恨猶太人。幼小的弟弟被德軍抓走而下落不明，時間卻不允許他們沉浸於傷痛中，在大災難中，猶太人沒有流淚的時間，而是要更快地趕往另一個避難所。

　　有時，一般老百姓甚至為了自己的利益，不惜幫助德軍，也間接地成為屠殺猶太人的幫凶。戰爭期間，猶太人的生命受到威脅。在戰爭結束後，小女孩（包括其他存活下來的猶太人）依然無法獲得種族平等的待遇，人們還是會以語言或行為，讓猶太人知道他們是不受歡迎的，是被憎恨的。例如小女孩重新回到學校後，桌上竟放著同學留給她的紙條，上面寫著「希望希特勒把她殺掉」的字眼，她知道自己不能再回到那個學校了。她的堅強與穩定，是經過猶太人民無辜犧牲的血磨練出來的，沒有追問原因，不代表她不在意，而是她知道猶太人被歧視已是既定的事實。種族主義雖然極端地以戰爭的方式實行，但是戰爭結束之後，從小女孩的生活中，還是可以看到猶太人和一些民族，依舊活在種族主義的意識形態之下。可喜的是，她與家人已能選擇自己的生活，能充分掌握重新開始的機會。

　　她的父親不斷地想辦法讓全家人免於迫害，最後重獲自由時，他卻消失了，無法與家人團聚。在種族主義的脅迫下，猶太人的每一天，就如小女孩說的可能就是最後一天。猶太人遭受的大屠殺，永遠作為人類對戰爭與和平的警惕。（陳素琳）

少年曹丕

文本論及議題	性別平等教育主要內容項目
	兩性的成長與發展
	兩性的關係與互動
	性別角色的學習與突破
V	多元文化社會中的兩性平等
V	兩性權益相關議題

作　　　者：陳素燕
插　　　畫：陳裕堂
出 版 社：九歌出版社有限公司
出版日期：1994 年 9 月
定　　　價：170 元

　　《少年曹丕》講述單親家庭孩子的成長故事，內容溫馨動人。

　　作者企圖使故事裡男女角色的身分、地位及情節模式的發展，有異於刻板化的處理。本書描述的是一個不一樣的單親家庭：不是由母親含辛茹苦培植兒女，而是由父親肩負起照料孩子的責任。從故事內容中我們得知，主角馮昱華的父母親都是高學歷的知識分子，但母親拿到航空科學博士學位，在美國太空總署工作，而父親花了七年時間攻讀學位，最後卻未能完成。這種在能力表現上使「女優於男」的情節設計，突破傳統兩性刻板化的模式。

　　不過，在書中仍可看見祖母表現出傳統的社會價值觀：她無法接受學歷和能力優於自己兒子的媳婦，因此反對媳婦求學，甚至以「生育乃是女人的義務與責任」來阻撓，要求媳婦放棄學位，但卻堅持兒子一定要完成學位，不了解這個家庭實際的情況是依賴媳婦的獎學金在支撐。而這種愚昧、保守的觀念，注定夫妻離異悲劇的發生，令人惋惜。小說情節建構出的社會是現實社會的縮影，值得我們反思。

　　作者試圖以輕鬆的手法呈現嚴肅的議題，讓孩子了解單親家庭並非一定是悲慘不幸的，總有許多無奈的原因，使人生有了些許遺憾，但是，有遺憾的人生未必是不圓滿的。其實，幸福是需要用心經營和珍惜的，無法積極面對生活、樂觀看待人世的人，才會被幸福拒絕於門外。另外，作者亦由故事中引導孩子建立正確的兩性平等的觀念，破除傳統男尊女卑的刻板印象。

　　閱讀這篇故事，一般讀者普遍能諒解祖母的作為，畢竟那是舊時代造成的價值觀偏差，然而，迎向新世紀的我們，有能力建立正確的觀念與認知，讓兩性平等教育真正落實在社會每一個角落。（張淑惠）

家有小丑

文本論及議題	性別平等教育主要內容項目
V	兩性的成長與發展
V	兩性的關係與互動
	性別角色的學習與突破
	多元文化社會中的兩性平等
	兩性權益相關議題

作　　者：秦文君
插　　畫：吳周昇
出 版 社：九歌出版社有限公
　　　　　司
出版日期：1994 年 9 月
定　　價：170 元

　　蘭馨直到上了五年級，才知道自己有個同父異母的哥哥，而且就像是空降部隊般突然住進家中，這個個性古怪、動不動就豎起利刺武裝自己的男孩，竟然還替他自己改名叫小丑。的確，一下子嘻笑怒罵、一下子劍拔弩張，教人無法捉摸他的喜怒哀樂，看不清男孩的真正心情，彷彿戴著面具的小丑。這個不速之客將在原本平靜的蘭馨家激起什麼樣的波濤？《家有小丑》關注的不只是單親家庭、兩代溝通或家人之間相處的議題，作者還將場景拉進校園，暴露出幫派、暴力和勒索等問題。

　　如何讓小丑卸下心防，作者將這個重任交付給蘭馨的媽媽。當小丑突然出現超乎常軌的行為時，蘭馨的媽媽嘗試以理解代替劈頭痛罵。當小丑與爸爸爭奪刀子僵持不下時，媽媽更果敢迅速地收起刀子，展現出身為醫生的冷靜素養，為鮮血直流的小丑包紮傷口。當媽媽發現小丑拿走結婚戒指時，還顧及小丑的面子，不在爸爸及仰慕小丑的女孩面前揭穿他。這樣三番兩次下來，讓小丑打從心裡佩服蘭馨的媽媽，那種包容心、讓人信任的特質，與自己那個一切以自我為中心的媽媽截然不同。在對比襯托之下，作者成功地突顯出一個現代女性剛柔兼具的風範，遇到狀況時，有冷靜思考解決問題的能力，與人相處時，能以柔軟包容的心相待。

　　小丑慢慢地與蘭馨一家人相處和樂，找到適合彼此的相處模式。但小丑終究還是要回到單親家庭之中，他和媽媽之間的摩擦爭執還沒消弭。只要孩子的教養不被關心重視、只要家長無法以身作則，小丑的故事就不會結束，將在社會的各個角落反覆上演著。

（張瑞玲）

一千隻紙鶴

文本論及議題	性別平等教育主要內容項目
	兩性的成長與發展
	兩性的關係與互動
V	性別角色的學習與突破
	多元文化社會中的兩性平等
	兩性權益相關議題

作　　　者：Eleanor Coerr
插　　　畫：Ronald Himler
譯　　　者：管家琪
出 版 社：新自然主義股份有
　　　　　　限公司
出版日期：1995 年 7 月
定　　　價：180 元

　　這是發生在日本的真實故事。二次世界大戰時，美軍在廣島投下原子彈，原子彈的輻射讓少女佐佐木槙子在 10 年後得到血癌。死亡是人生的必然結果，卻發生在正值黃金歲月的槙子身上，在她懷抱的夢想正要起飛時，面對死亡的威脅。

　　家人與同學都十分支持槙子，尤其是好友千鶴子所說的：摺一千隻紙鶴就能許願讓身體康復，這使槙子對自己的人生重拾一絲希望。槙子靠著決心支持活下去的信念，然而小小年紀的她對死亡依然有很大的恐懼感。她並不怕表露心中的恐懼，不過，當她看到憂傷的母親時，她感到特別的難過。槙子會不時的說些笑話讓氣氛輕鬆一下，年紀輕輕的她得了重病，還能有心去緩和大家的悲傷，她的體貼與成熟不是人人可以做得到的。

　　槙子得血癌是戰爭帶來的後遺症，不過家人或同學都沒有指控任何人或任何事，大家以平心靜氣的態度陪伴槙子。槙子也從來沒有責怪任何人，或是悲嘆自己的命運，她鮮少埋怨，而是以理性面對問題。槙子的悲劇並沒有讓大家提到戰爭的殘酷，反而在槙子死後，大家才因為她的故事而在廣島和平公園立紀念碑，許一個和平的願望。

　　槙子得血癌已成事實，怪罪戰爭或其他的因素也許已不那麼重要，這個故事透過槙子的悲劇強調戰爭的殘酷與和平的可貴，然而角色們卻都沒有直接透露對戰爭的怒意。槙子接納自己得血癌的事實，她從來沒有對自己的遭遇感到任何懷疑或不平，將心思放在希望自己可以康復，以及關心家人的生活狀況上。

　　槙子的堅強與成熟，表現出小小年紀的女孩竟然能有如此強大的生命力與面對人生真實的勇氣。大人的表現反而比較脆弱、較不能面對現實與學習快樂的活著。槙子的成熟與穩重，特別是當她還能讓大家笑出來時，我們看到她在幫助親友不要忘了享受生命的美好，不希望大家因為她的病痛而無法繼續自己的人生。（陳素琳）

莎邦娜

文本論及議題	性別平等教育主要內容項目
	兩性的成長與發展
	兩性的關係與互動
V	性別角色的學習與突破
V	多元文化社會中的兩性平等
V	兩性權益相關議題

作　　者：Suzanne Fisher
　　　　　Staples
譯　　者：殷于
出 版 社：中唐志業有限公司
出版日期：1995 年 7 月
定　　價：210 元

「莎邦娜，妳野得像風似的。千萬要學著服從，要不然……我真替妳擔心。」

在丘利斯坦族中，女人天生就得服從男人，以男人為天，為男人而活。這是一種傳統，也是律法。莎邦娜的姊姊——蒲蘭，正是這樣傳統的女人，她的生命就為了嫁給哈米爾而存在，她甚至從未真正和他相處過，就將他當成一生的依歸。哈米爾因意外死亡之後，蒲蘭的生命幾乎也失去了存續的意義。後來穆拉德將代兄娶蒲蘭，她的生命才恢復了光彩。女人一生的命運全繫在男人身上，自己完全沒有主控權。女人生命的價值全來自男人的賜予，男人倒了，女人也毀了。

莎邦娜的性格和蒲蘭迥異，她喜歡在外頭自由自在的奔跑，愛爬樹，討厭做家事，能和駱駝在一起是她最快樂的事。莎邦娜的父母親雖然相當疼愛她，多半時間都不願限制她，但處在民族傳統的壓力下，為了莎邦娜的終生幸福，他們必須狠下心來壓制莎邦娜，硬將她拉回傳統的束縛中。莎邦娜心裡明白現實環境容不下她的反抗，只好屈服於命運的安排，為了家族而犧牲，拱手讓出自己的未婚夫，嫁給大她四十幾歲的老人，但她的心卻因此變得堅強，認清了自己的價值所在，勇敢而不屈服，把自己掌握在自己手中，且不容許任何人操控她的生命。

莎邦娜，一位屬於中東地區丘利斯坦遊牧民族，擁有屬於公主的名字，也具有真正公主精神的女孩。她不讓自己在風中飄零，反而在暴風吹襲下生根茁壯，在風中深深藏起內心的寶藏與靈魂的祕密，表現出女性看似柔弱卻如剛鐵般堅毅的生命韌性。（胡芳慈）

珍珠奶茶的誘惑

文本論及議題	性別平等教育主要內容項目
V	兩性的成長與發展
V	兩性的關係與互動
	性別角色的學習與突破
V	多元文化社會中的兩性平等
	兩性權益相關議題

作　　者：管家琪
出 版 社：幼獅文化事業公司
出版日期：1995 年 8 月
定　　價：170 元

　　《珍珠奶茶的誘惑》探討臺灣青少年，在生活中常觸及的問題：自我認同、兩性關係和家庭問題、同儕相處和社會黑暗面等等。

　　〈珍珠奶茶的誘惑〉裡正值青春期的哥哥，暗戀賣冷飲的少女；〈悲傷羅密歐〉裡的阿財享受不斷失戀的情境，可以看到作者白描少年對愛的渴求與幻想；〈夢中情人〉寫冠宇如何在無意間發現夢中情人原來是一個小扒手，這幾個有趣的小故事對少年情懷的幻想有些微的反諷意味。〈黑巷〉、〈公車抓狂記〉、〈校園的變奏〉和〈走鋼索的女孩〉寫出少女在學校中、社會裡被性侵害的故事，告訴女孩要對周遭看似美好的事物保持警覺。

　　在女性形象描寫上，故事中敘述的，大多是乖巧可愛的女孩，也許課業不是頂好，還是認真的想當個好學生，對愛情有著不少美麗的憧憬，說出臺灣升學掛帥下少女的心聲。在這些代表臺灣多數少年女孩的生活外，還寫到邊緣女孩的生活，例如〈走鋼索的女孩〉當中的春花，被貼上「壞學生」的標籤後，自暴自棄，賣身賺取零用錢。〈跟蹤〉以家庭為背景，描寫愛吵架的夫妻；先生懷疑妻子有外遇，找上冒牌的徵信社而被騙的故事，雖說夫妻本來就是吵吵好好，但也反映夫妻彼此不信任的關係。至於〈快速減肥霜〉一看篇名就知道取笑女孩愛美的天性，文中的阿珠被「國外最新進口快速減肥霜」騙了以後，找上王老闆，王老闆吃定了她只是個小女孩，言語間並不客氣，沒料到她背後有位律師爸爸替她撐腰，與另外一篇〈公車抓狂記〉裡警告乘客車上有色狼的采慧，同時表現了女性獨立勇敢的一面。

　　大致而言，這十六篇少年小說所呈現的青春男女，對愛情都有些年少的憧憬與失落，但也都能在一點點的感傷後，對人生有一點點的認識、一點點的成長。（邱凡芸）

天才不老媽

文本論及議題	性別平等教育主要內容項目
V	兩性的成長與發展
V	兩性的關係與互動
	性別角色的學習與突破
V	多元文化社會中的兩性平等
V	兩性權益相關議題

作　　者：陳素宜
插　　畫：吳周昇
出 版 社：九歌出版社有限公司
出版日期：1995 年 9 月
定　　價：150 元

　　《天才不老媽》是第三屆九歌現代兒童文學獎獲獎作品。講述一個母親積極尋求自我價值和肯定，從平凡的家庭主婦立志成為作家的故事。故事中的「天才不老媽」何艾萍，是一個具有正面人格特質的女性，她樂觀開朗、好學、不服輸，有別於一般刻板印象下的女性書寫，可以作為學習的模範。

　　面對何艾萍的夢想，丈夫提出這樣的大男人論調：「女人嘛！何必跟男人一樣，在外面衝鋒陷陣呢？好好待在家裡，把孩子照顧好，讓先生沒有後顧之憂才是對的。」這樣一段話值得我們反省。

　　在傳統家庭中，女性往往扮演犧牲奉獻的角色，為丈夫子女典當青春。母親無怨無尤地默默付出，時間一久，便容易被家人視為理所當然，忽略了她們也有屬於自己的夢想。事實上，無論男女，每個人都有權利追求和實踐夢想，即使是為家庭勞苦一生的母親也不例外。

　　作者客觀地呈現一般家庭婦女的困境，例如：母親必須做完大小家事，才能開始寫作；丈夫不喜歡太太寫作，便以兒子成績退步一事借題發揮。顯示一般女性在家庭中所承受的不平等待遇，這種兩性不平等的情形，說明現代社會裡，多數女性仍無法擁有和男性對等的位置。由此更讓人深刻體會，兩性教育的推廣刻不容緩，而這樣一份艱鉅的工作應由家庭教育開始。

　　《天才不老媽》這本書積極刻畫女性形象，闡釋性別平等的意義。藉由輕鬆幽默的情節讓孩子了解：人都有尋求個人價值肯定、追求自我實踐的需求。每個人有權做自己想做的事，並且得到尊重。此外，本書在述及女性追尋理想的過程中，也讓讀者看見男性觀念的改變以及成長，是一本值得推荐的好書。（張淑惠）

家教情人夢

文本論及議題	性別平等教育主要內容項目
V	兩性的成長與發展
V	兩性的關係與互動
	性別角色的學習與突破
V	多元文化社會中的兩性平等
	兩性權益相關議題

作　　　者：管家琪
出 版 社：幼獅文化事業股份
　　　　　　有限公司
出版日期：1995 年 9 月
定　　　價：150 元

　　《家教情人夢》以一個國三女孩依巧為主角，鋪
陳出一段青澀的暗戀故事。

　　依巧家除了她以外，還有一位念大學的姊姊，和
幾乎天天吵架的父母。媽媽懷疑爸爸有外遇，以致於
兩人常發生口角，吵完以後，爸爸出差、媽媽上山修
行（請法師開導），　家裡就只剩下姊代母職的依萍和
她。

　　缺少父母關心的依巧，課業表現並不穩定，徘徊
在A班的尾巴、B班的前六名，早上跑A班、下午則
回B班上課，雖說是臺灣強調「常態分班」下的常見
現象，依巧卻是兩邊都適應不來，尚未與A班同學熟
識，就已經和B班同學疏離了。這時出現了兩個男生，
一個是她心中的白馬王子：姊姊替她找的個人家教大
鵬；另一個是B班的同學唐偉辰。在經過了許久的猜
忌、掙扎，最後她終於弄清楚大鵬是為了依萍，才自
告奮勇的兼任她的家庭教師。而看來不怎麼起眼，還
會帶她蹺課的唐韋辰，在家裡卻是一個孝順母親、照
顧智障妹妹的好兒子、好哥哥。最後故事以父母和好，
一同關心依巧為結局，依巧也決定回到B班，專心準
備高中聯考。

　　依萍在感情的抉擇上，不像一般對女孩的描寫，
愛一個人就非常執著，反而認為未來三年間的變化很
大，要考慮的事情也很多，並不執著非大鵬不嫁。唐
韋辰對媽媽的體貼，對智障妹妹的細心照顧，都可以
看出傳統男性應該「被服侍」觀念的顛覆。最後就是
依巧了，雖然她的「白馬王子」夢想破滅，但也因此
回過頭，能夠從另一個角度欣賞那個「討厭的」唐韋
辰，也可看做是一種女性的自我成長。（邱凡芸）

愛爾蘭需要我

文本論及議題	性別平等教育主要內容項目
	兩性的成長與發展
	兩性的關係與互動
	性別角色的學習與突破
	多元文化社會中的兩性平等
V	兩性權益相關議題

作　　者：James Heneghan
譯　　者：褚耐安
出 版 社：中唐志業有限公司
出版日期：1995 年 9 月
定　　價：180 元

　　正義、愛國，有多少次人類假愛國、正義之名，行恐怖報復之實？有多少慘絕人寰的種族屠殺是假宗教之名，行種族歧視之實？那些不堪回首的偏見與真實，我們要如何將之呈現於青少年面前呢？

　　在戰火煙硝繚繞下生長的男孩，就一定得背負著仇恨與槍砲，才能證明身為男性的天職與本色嗎？

　　《愛爾蘭需要我》描述加入北愛爾蘭共和軍聖戰恐怖組織的青少年戴倫，被遣送至加拿大叔叔家的成長故事。戴倫是個被憤怒和怨恨塞滿胸膛的青少年。三歲時，身為北愛蘭共和軍軍官的父親死於非命；十三歲時，母親與妹妹在一次爆炸中喪生。一無所有的戴倫，心中只有對英軍的怨恨，採取對死亡鄙視的輕蔑態度，向英軍投擲石頭，向巡邏車丟汽油彈，奉行恐怖組織的種種信條與行動，願意用個人的生命換取國家榮耀。

　　在母親與妹妹的喪禮上沒有掉下一滴眼淚，讓戴倫感到很自豪。他認為男子漢就該用「暴力」來解決問題，而不是講道理，更不該有恐懼與困惑。在一次狩獵活動，他見識到叔叔面對美洲豹時的冷靜，不是衝動地用一、兩顆子彈解決問題，而是想辦法在沒有「死亡」的情況下，觀察美洲豹的行動再作出判斷。

　　是的，沒有死亡。

　　戴倫早已看過太多死亡了，但是，這就代表他不畏懼死亡嗎？錯！相反的，他從來不正視死亡，因為打從心坎底兒的害怕。可是，在強調陽剛男性的北愛爾蘭氛圍下，並不允許一個男孩子存有恐懼。恐懼與悲傷被壓抑得太深太久了，以至於他來到和平舒適的加拿大之後，仍常常在炸彈爆破聲瀰漫的噩夢中驚醒。

　　隨著親人的愛與關懷，戴倫從譏諷到了解真相，開始承認自己的恐懼，開始反省回到空無一人的愛爾蘭機場是否值得，開始反省所謂的「正義」與「復仇」有無存在的價值。當他奔往停車場，眼看著飛往北愛爾蘭的波音七四七凌空飛起的那一剎那，我們知道，這個曾經咆哮吶喊的青少年已經不再是往日的戴倫了。（黃千芬）

親愛的歐莎娜

文本論及議題	性別平等教育主要內容項目
	兩性的成長與發展
	兩性的關係與互動
V	性別角色的學習與突破
	多元文化社會中的兩性平等
V	兩性權益相關議題

作　　者：陳素燕
插　　畫：小雪
出　版　社：幼獅文化事業公司
出版日期：1995 年 9 月
定　　價：150 元

　　《親愛的歐莎娜》可說是一本寫實的少年小說。故事中的主人翁「鄒乃芬」是一個生長在幸福美滿家庭中的嬌嬌女，在兩個聰明且出色的姊姊耀眼的光芒之下，她始終覺得自己是個醜小鴨，永遠不會成為舞臺上的主角，只能當臺下沉默的背景。她不知道該以何種角色在這個世界立足，所以總是生活懶散，做任何事都提不起勁。在一次偶然中，看到奧運溜冰金牌得主「歐莎娜」的曼妙舞姿，她的內心激盪不已，那是一種對生命的熱情、一種向上的意願。她受到很大的鼓舞，決心以歐莎娜為偶像，一改過去的漫不經心，努力經營自己每一天的生活，終於讓自己得以在舞臺上發光發熱。

　　讀到鄒乃芬的故事時，相信會有不少少年男女感同身受，因為在家中不論是兄姊或弟妹，都可能比自己優秀許多而得到長輩的重視和讚美。很多人無法體會自身存在的價值，而徬徨於他人高度的價值標準和無法實現自我的迷惘中，極可能因自卑感作祟，在一念之差下自暴自棄而誤入歧途。書中藉著主角的成長故事，提供了讀者一個很好的示範：鄒乃芬沒有因為無法與姊姊在學業上匹敵而一蹶不振，反而能找出自己的優點及興趣，在合唱團有出色的表現；同時也藉著學校對合唱團團員成績的要求，讓鄒乃芬從對課業應付了事的態度，轉變成懂得善用時間、努力認真學習，進而大大提升學業成績，讀來確實能有振奮人心之效。

　　因為鄒乃芬有在日記裡跟偶像傾吐心事的習慣，所以作者安排夾帶數篇以「親愛的歐莎娜」為開頭的手寫日記，使讀者更容易體會主人翁轉變的心路歷程，得到更直接的啟發與鼓舞，是一種十分創新的敘事模式。而轉變後的「鄒乃芬」，亦呈現了積極向上的女性形象，展現女性的主體價值。（王韻明）

強盜的女兒

文本論及議題	性別平等教育主要內容項目
V	兩性的成長與發展
V	兩性的關係與互動
V	性別角色的學習與突破
	多元文化社會中的兩性平等
	兩性權益相關議題

作　　者：Astrid Lindgren
插　　畫：Ilon Wikland
譯　　者：張定綺
出 版 社：時報文化出版企業
　　　　　（股）公司
出版日期：1996 年 3 月
定　　價：360 元

　　《強盜的女兒》描述森林中兩幫對立的強盜，因孩子們的友誼，化解了兩家的仇恨。隆妮雅從小生活在強盜窩，家人的呵護和衣食不缺的環境，讓她以為這就是全世界；當她一天天的長大，有機會離開馬特堡，才終於見識到外面的世界。真實的花花草草和山川水流，以及新朋友柏克的出現，擴展了隆妮雅對世界的認知。

　　隆妮雅和柏克在大人灌輸的偏見下，對彼此印象不佳，「下流的惡魔」是他們一開始對彼此的稱呼。不過，當柏克遇到危險，隆妮雅立刻拿出自己攀樹、登山用的繩子來救柏克。這次的援救繫緊了兩人未來的命運，如同柏克所言：「 經過這件事，即使沒有繩子，我還是被妳綁得牢牢的。 」雖然兩人仍是惡言相向，可是當隆妮雅失足陷於雪堆無法脫身，柏克及時出現化解了這場危機，也為兩人搭起友誼的橋樑。「友誼」使他們開始信任並保護對方。作者以洗鍊的筆法，細膩的刻畫隆妮雅的認真、勇敢和正義感，以及她和柏克之間的情誼發展。

　　純真的友情外，作者林格倫對於隆妮雅和父親馬特的濃郁親情亦有深入描寫。外型高大粗獷的馬特，繼承祖業，以搶劫維持賊窩的生計。看似殘暴的強盜頭子實際卻有顆柔軟的心，任何事都難不倒他，就是對妻子和女兒沒輒，馬特在外是人人討厭的強盜，但在家卻是對家人關愛有加的好丈夫和好父親，因為愛，他心甘情願處於弱勢。妻子拉維絲是個充滿智慧的女性，總是冷靜思考後再行事，是馬特背後的重要推手。兩人兼具陽剛陰柔的個性，使他們形成互補，共同經營有愛的婚姻生活。而真實的賊窩生活，遇上看似虛幻的哈培鳥、灰侏儒和地底妖女，使整個故事既刻畫現實也描寫幻想，形成如真似幻的林格倫佳作。(陳毓華)

「阿高斯」失蹤之謎

文本論及議題	性別平等教育主要內容項目
V	兩性的成長與發展
V	兩性的關係與互動
V	性別角色的學習與突破
V	多元文化社會中的兩性平等
	兩性權益相關議題

作　　者：盧振中
插　　畫：黃俊
出 版 社：九歌出版社有限公司
出版日期：1996 年 7 月
定　　價：150 元

　　暑假時，池力力離開北京來到「孤地」和爺爺以及表哥小葦同住。不但體驗了與城市不同的生活經驗──「摘兔」、「拿魚」、「數鳥」和「網鳥」……還認識了新朋友吳猛子和夏夢岸，完成鳥類保護小組的任務──數大葦鶯巢，協助派出所周叔叔抓到偷鳥賊，順利救出裝有「阿高斯」的丹頂鶴和所有被偷獵的鳥。

　　鳥類保護小組出任務時，難免會遇到困難，幸好都能依憑個人的專長來解決問題。小女生夢岸，從小跟著爸爸搖著船在黃河四處擺盪，理所當然成為四人當中的划船專家，所以，當力力遇到「划船」這個難題時，夢岸馬上接下教導他的重責，耐心地尋找適合力力學習的方式，終於讓力力能在河上來去自如。另外，當大家決定營救因受傷而受困黃河中的大鳥時，夢岸一肩扛起划入喜怒不定的黃河的重擔，戰戰兢兢地控制著左搖右晃的小船，直到小船穩穩地進入大海。而在蘆葦蕩數大葦鶯巢，眾人被交雜蘆葦弄得心浮氣躁時，猛子提出用葫蘆造船的點子，馬上引起小葦與夢岸的應和，並合力思索如何將葫蘆舟建造地更合用，以便如期完成任務。小葦是四人中的總指揮，但他並不強出頭：依情勢決定行事，例如營救大鳥雖是刻不容緩，小葦還是靜候夢岸的答案，由她來思量是否將船行入大海中。面對偷鳥賊捉住同伴，力力雖然害怕無助地哭了，也能立刻穩住心神，毀了偷鳥賊的「海兔子」，努力划回岸上尋求援助，一舉擒住所有壞人，讓鳥兒重回天空。

　　《「阿高斯」失蹤之謎》述說作者對自然萬物的珍愛，並希望將這種感受傳達至讀者心中，一同愛護這充滿生機的世界。字裡行間也顯露作者對男女的看法，遇到難題，解題的鑰匙不一定掌握在男生或女生的手裡，更多時候是需要雙方攜手合作的。男女間相處若能像書中四個孩子，互相尊重，信任對方的能力，彼此都會覺得舒服的。（徐筱琳）

山中小路

文本論及議題	性別平等教育主要內容項目
V	兩性的成長與發展
V	兩性的關係與互動
V	性別角色的學習與突破
V	多元文化社會中的兩性平等
	兩性權益相關議題

作　　者：Maria Gripe
插　　畫：Harald Gripe
譯　　者：柯清心
出版社：時報文化出版企業
　　　　　　（股）公司
出版日期：1996 年 8 月
定　　價：360 元

　　《山中小路》是作者瑪莉亞・古萊珮最著名的代表作《小果與約瑟芬》三部曲之一，以淡淡的筆觸，勾勒出一年級小學生的學校生活。懵懵懂懂的約瑟芬，從第一天入學就不順遂，處於宗教沒落的時代，神職人員沒有社會地位，身為牧師女兒的約瑟芬因而遭到同學的嘲弄和歧視。而桑達老師對她的稱呼錯誤，也讓她非常困擾。在這個被排擠的環境中，約瑟芬一度厭惡自己，厭惡家人，直到同班同學小果出現，改變了這一切。

　　小果與眾不同、特立獨行的表現，雖然使四周圍的人不知所措，卻漸漸得到大家的喜愛。「小果像隻自然的精靈，只是在偶然的機會裏飄到學校而已。」每個人心中都有潛藏叛逆的性格，面對敢做敢當的小果，大家自然投以崇拜的眼神。上學走同一條路，為約瑟芬製造了一個認識小果的優先機會，座位又相鄰，讓被孤立的約瑟芬有了新的伙伴。自從小果來學校，同學開始尊重約瑟芬，不再有人敢欺負她。然而，這絕不是一部英雄救美的童話故事。小果因為父親坐牢，從學校消失一段時間，約瑟芬又回到他人惡言惡狀對待的處境，面臨沒有小果的考驗。

　　作者利用不少篇幅談論女孩間的相處，除了真誠的相待，友誼的建立，有時是一種利益交換。偶然中，約瑟芬撞見班上兩個優等生在翻動老師的包包，為阻止約瑟芬打小報告，其中一人主動接近約瑟芬。約瑟芬雖無法理解，卻也為這突如其來的友情雀躍不已。在這種起起落落的人際關係下，約瑟芬終於建構出屬於自己的友誼判準，不再只是隨波逐流的牆頭草；從最初盲目地追隨他人對自己的評斷，逐漸認清自己，辨別什麼才是她所需要的。約瑟芬的班級正如一個小型社會的縮影，呈現出多樣貌的同儕友誼，除了努力在性別認同上取得平衡外，別忘了同性之間也需和諧相處。(陳毓華)

河豚活在大海裡

文本論及議題	性別平等教育主要內容項目
Ｖ	兩性的成長與發展
Ｖ	兩性的關係與互動
Ｖ	性別角色的學習與突破
	多元文化社會中的兩性平等
	兩性權益相關議題

作　　者：Paula Fox
插　　畫：林宗賢
譯　　者：蔡美玲
出 版 社：時報文化出版企業
　　　　　　（股）公司
出版日期：1996 年 8 月
定　　價：360 元

　　貝恩和凱莉是同母異父的兄妹，貝恩因母親再嫁，和親生父親分隔兩地。貝恩的親生父親是個逃避現實的人，總是用謊言掩飾自己的無能，和兒子多年不見，一通電話要求見面，之後卻又避而不見。貝恩不死心，設法找到他，相處交談後，貝恩自願跟隨父親，共同經營汽車旅館。貝恩和父親兩人基本上都很像河豚，父親的事業不斷受挫，只好像河豚拚命將肚子吹鼓，以吹噓的方式將自己塑造成虛無的英雄；貝恩深深思念生父，卻不知如何與家人溝通，將心事一股腦地悶在心裡，如同河豚膨脹肚子。因為相似，貝恩知道父親的苦處，願意放下之前的不愉快，和父親一同生活。故事中破解了「哥哥爸爸真偉大」的魔咒，呈現一個失敗的父親，極具真實性，值得讀者細思。

　　敘述者「我」是個善解人意，細心勇敢的女孩，關注哥哥貝恩的種種，貝恩的轉變，貝恩和家人的衝突，貝恩的尋父之旅，妹妹凱莉都全程參與；她雖然像個小跟班，卻有著自己的想法，當她和貝恩去找生父時，貝恩堅持要留下來等未準時出現的父親，凱莉只好巧妙地讓母親答應他們遲歸；明明已經從母親的口中知道貝恩的生父說謊，但她什麼都沒說；用心體會貝恩的不安，甚至落魄的費力思先生的感受。

　　和緩家庭衝突，對十三歲小女孩而言，似乎太過沉重，所以凱莉才說：「老是替別人保密，我早就覺得累了，特別是收藏我爸爸、媽媽，還有貝恩的祕密……我一直把那些祕密分別存放在心中不同的小盒裏。假如有那麼一天，一陣大風吹來，把所有小盒子的蓋子刮走，我實在不知道要對哪一個人說哪一種話。但我倒真希望那陣風狠狠的刮起來。」幸好，貝恩和家人的關係又恢復成一年前的和諧融洽，即使未來不住在一起，這都不重要了。(陳毓華)

二十四隻眼睛

文本論及議題	性別平等教育主要內容項目
	兩性的成長與發展
	兩性的關係與互動
V	性別角色的學習與突破
	多元文化社會中的兩性平等
	兩性權益相關議題

作　　　者：壺井榮
譯　　　者：孫智齡
出 版 社：實學社出版（股）
　　　　　公司
出版日期：1997 年 2 月
定　　　價：200

　　《二十四隻眼睛》故事發生在日本瀨戶內海小豆島上的偏遠小學；時間跨越了二次世界大戰前後；內容敘述一位甫畢業的女老師與班上十二名學生、二十四隻好奇的童稚眼睛之間產生的點點滴滴。

　　作者壺井榮女士將女主角——大石老師——設定為作風新潮的新女性，還給了她一輛可以隨意騎走的自行車。作者鋪陳觀念保守村民對「女老師」常有的誤解，認為願意來偏遠小學的女老師，「都」會是待個一、二年便嫁人的半調子。經過上述的醞釀，大石老師的出場便帶來性別意識上戲劇性的衝突——她身穿洋裝、足蹬腳踏車如風一般地呼嘯而過，讓原本想要惹哭新老師的小孩，或是誤解「傳統」日本女性等於「賢淑溫柔」的小說讀者一個目瞪口呆的機會。

　　當大石老師因為腳傷，無法騎著自行車往返學校繼續任教，小說開始出現一股逝去的淡淡哀愁：女老師無奈地辭去了分校的教職，離開已培養出感情的二十四隻眼睛；緊接著第二次世界大戰爆發，班上十二位學生的命運因此輾轉流離。乍看之下，故事突然轉折至泣訴戰爭底下斑斑女性血淚史，女性的堅韌性格隱藏在眼淚之中。但，真的就到此為止嗎？先前作者大力鋪陳的「新女性」到哪裡去了呢？

　　她沒有因戰爭的爆發而消失無蹤，她一直都在，只是作者賦予女主角更積極的態度——心靈自由與堅持良知。儘管世人盲目歌誦國家榮耀，她望著將赴戰場學生的身影，心裡卻想著：「為什麼不能阻止因生命受砲彈轟擊而殞落的悲傷？」不僅如此，大石老師更從「母親」的觀點出發，思考戰爭的謬誤與生命價值，疼惜日本百萬個母親不捨兒女的心酸。

　　戰爭哪！殘酷的時代哪！你可以剝奪我的外表、我的武器、我的偽裝，但你剝奪不了我自由飛翔的心靈。

（黃千芬）

沒　勁

文本論及議題	性別平等教育主要內容項目
V	兩性的成長與發展
V	兩性的關係與互動
V	性別角色的學習與突破
	多元文化社會中的兩性平等
	兩性權益相關議題

作　　　者：班馬
插　　　畫：徐秀美
出 版 社：民生報社
出版日期：1997 年 3 月
定　　　價：250 元

　　在班馬筆下嚷著「沒勁」的男孩名叫李小喬，透過他的自述，讀者將聽到一個會讓人心情沉重的故事，盡管李小喬總是用故作輕鬆的口吻，說得蠻不在乎。但是我們就是無法不提醒自己，他只是個十三歲的男孩啊！怎經得住承受人生那麼多的莫名其妙與無可奈何？

　　面對眼前僵化的教育、父母的期望，李小喬「適應不良」。因為，他們本來不是那樣對待他的，為什麼會因為要他進入中學，而期待他脫胎換骨？大人的矛盾與雙重標準難道自己都不自覺嗎？李小喬怒吼：「我已經是一隻豹子了，你還想把我打成一隻貓啊？」看過李小喬的故事，讓人深省。就如同作者所說的：「社會中孩子的任何『什麼』，其實都不會是他們的錯。」

　　當李小喬變成學校的「邊緣人」之後，對他曾經歷過的校園生活，反而能用一種較坦然的心態去回憶、檢視，內心真正的感受愈是清晰起來。在〈某校某班某某〉和〈《二班趣事大全》的一只角〉兩個篇章中，李小喬提到他們班上男孩與女孩相處的點點滴滴，曾經，他們不同於別班的男女對立、壁壘分明，用年輕人的口吻來說，他們是互挺的，像是和樂相處的家人，男孩成立了「俯衝」足球隊，讓女孩佩服崇拜不已，女孩成立了「花兒」舞蹈團，也讓男生對女生刮目相看，男孩女孩都展現了自己的長才，在活動中建立自己的信心，也凝聚了向心力。所以李小喬離開學校後，他想念起從前那個班級，那個男女生互相尊重、感情融洽的班級，想念那群女生，當李小喬說：我有時常想到他們是「我們的女孩」時，是認真的、是有勁的。（張瑞玲）

及時的呼喚

文本論及議題	性別平等教育主要內容項目
	兩性的成長與發展
	兩性的關係與互動
V	性別角色的學習與突破
V	多元文化社會中的兩性平等
	兩性權益相關議題

作　　者：Madeleine L'Engle
譯　　者：江世偉
出 版 社：智茂文化事業有限
　　　　　公司
出版日期：1997 年 4 月

　　瑪格的雙親都是科學家，她的爸爸在一次神祕任務後失蹤，家裡只靠媽媽獨撐大樑。瑪格雖然天資聰穎，但是不適應學校的教學方式，再加上個性急躁，因此時常遭同學嘲笑。由於天才弟弟查理士的引介，瑪格認識了華特西太太、神祕女和某女士等神祕人物，他們帶領這對姊弟和克文一塊兒到卡米托星球，解救被邪惡力量控制的爸爸。

　　這部科幻小說裡，眾多女性角色都被作者塑造得相當突出。瑪格的成長，無疑是小說中相當重要的部分。由於沒有自信心，瑪格一路仰賴他人的保護：在家裡，五歲的查理士就像是保母一樣照顧她；踏上冒險的旅途後，克文的手總是給她安定感；終於見到爸爸，瑪格又將解救弟弟的全部希望投注在父親身上。然而，她失望地發現父親根本沒有能力救回她深愛的弟弟，心中一向仰賴的堅固堡壘崩裂了，於是她大哭、大鬧，發洩出心中所有的不滿，終究還是發現自己必須獨立，得靠著自己的能力、勇氣與信心才有辦法救弟弟，也才有辦法自我成長。最後，這個難得在科幻小說中出現的女主角，終於靠著愛的力量，帶領眾人回到地球，和媽媽及雙胞胎兄弟團聚。

　　瑪格的媽媽也相當堅強，一個人照顧四個孩子，繼續進行先生遺留下來尚未完成的實驗計畫，同時還獨自忍受先生失蹤的不安、痛苦和思念。縱使遭受村人異樣眼光與指指點點，她依舊樂觀地抱持希望、忍受壓力，試圖讓孩子快樂地過生活。這樣的女性形象，正是現代新女性的化身。

　　此外，在小說主角追尋自我的過程中，扮演智者角色的三位神祕人物：華特西太太、神祕女和某女士，也一反一般故事中慈祥和藹的仙女型態，各有各的行事風格、裝扮和說話方式，令人印象深刻。因此，本書中的女性角色，都具備異於傳統賦予女性的形象或特質，刻畫得相當突出，值得細讀。（李婉琪）

天使雕像

文本論及議題	性別平等教育主要內容項目
V	兩性的成長與發展
V	兩性的關係與互動
V	性別角色的學習與突破
V	多元文化社會中的兩性平等
V	兩性權益相關議題

作　　者：E. L. Konigsburg
插　　畫：E. L. Konigsburg
譯　　者：吳淑娟
出 版 社：智茂文化事業有限
　　　　　公司
出版日期：1997 年 4 月

　　克勞蒂亞是家中年紀最大的孩子，也是唯一的女孩子，所以她必須洗碗、收拾餐桌，而她的弟弟們卻可以理所當然的什麼都不用做。她認為自己承受了諸多不公平待遇，因而計畫離家出走，弟弟傑米則是她計畫的一部分，因為富有的傑米可以解決他們離家時經濟上的問題。舒適而安全的大都會博物館，則是離家的目的地。

　　克勞蒂亞生活於傳統的家庭中，有著聰明而謹慎的鮮明性格。作者讓克勞蒂亞和弟弟在冒險的過程中，學習到尊重彼此的表現，依照遭遇的問題決定該由誰主導一切，或是該如何協力解決難題。她知道弟弟和她是不同個性的人，她是謹慎的，弟弟是喜歡冒險的；她對金錢沒什麼概念，有多少就用多少，可是弟弟卻是精確地掌控住每一筆花費。剛開始，也許會因為不同的個性產生摩擦，最後，他們卻能用幽默化解這些衝突，成為同一陣線的盟友，也表現出對彼此的關心和愛。

　　此外，克勞蒂亞也從尋找「天使雕像的祕密」的行動中，積極主動地尋求解決問題的方法，並漸漸了解到她之所以離家出走，並非只是為了抗議不公平，更重要的是要尋找出自我認同的價值觀。也許當她回到家後，仍然要洗碗、收拾餐具和倒垃圾，改變的是，她體認到自己對家庭的重要性，不再自怨自艾，而得到成長。

　　每個人多少都有過離家出走的念頭，不同於過去，今天許多女性突破以往既定的生活模式，到各地旅行，暫時離開熟悉、單調的地方，為的就是想要從不同的角度定位自己，認識自己。離家時間無論長短，距離無論遠近，重要是能夠不斷充實自己，對自我產生信心，才能夠真正活得亮麗和光彩。（林詩屏）

吉莉的抉擇

文本論及議題	性別平等教育主要內容項目
	兩性的成長與發展
	兩性的關係與互動
V	性別角色的學習與突破
V	多元文化社會中的兩性平等
V	兩性權益相關議題

作　　者：Katherine Paterson
譯　　者：方美鈴
出 版 社：智茂文化事業有限公司
出版日期：1997 年 4 月

　　《吉莉的抉擇》描述十一歲的吉莉，從小輾轉流浪於不同的寄養家庭中生活，無法獲得其他小孩視為理所當然的家庭溫暖，讓吉莉變成一個大人眼中叛逆乖戾的「野孩子」。直到來到完全不同於以往悲慘經驗的特拉特一家之後，感受到從未享有過的愛與家庭溫暖，吉莉對寄養家庭才真正放心地信任。作者凱薩琳・帕特森細膩地描寫吉莉抉擇與自我成長的過程。吉莉追尋母親，從滿懷幻想到失望，從電話傳來特拉特太太說出「幸福美滿的生活只是另一個謊言」的人生真相，讓吉莉覺察到成長可能遭遇的苦痛，接受自己是外婆娜莉，另一個被母親遺棄、同樣需要人陪伴的唯一親人，進而選擇留在外婆身邊。

　　書中不停地出現兩種母親的類型作對比，一是獨立照顧可能患有學習障礙養子的特拉特太太，另一位則是拋棄自己年邁的母親並遺棄甫出生女兒的柯妮媽媽。特拉特太太，雖然在血緣上並非吉莉的母親，但這並未剝奪她對吉莉的保護與關愛；她表現出來的堅強與勇氣則是超越性別、彰顯了母性光輝的一面。當吉莉首次逃家被帶進警察局，或是社工人員決定要將吉莉帶走時，她始終不願放棄對吉莉的愛，不願放棄給吉莉另一次重生的機會，即使她已經背負了太多的責任與枷鎖。一個女人，一個需要照顧盲眼老人和小孩的女人，她平時生活的困境是可想而知的，但是她仍不放棄希望。特拉特太太此時已經不單單是個領養吉莉的女人，而是代表了女性特質裡常常被忽略、被認為理所當然的母愛與天性。

　　《吉莉的抉擇》透過凱薩琳・帕特森獨特的女性書寫方式，呈現一個從小被遺棄的女孩的成長經驗，一路走來也許幻滅，也許充滿荊棘挫折，但重要的是吉莉對人生的領悟與人格的成熟。透過吉莉的轉變，年輕的讀者可以從閱讀的共鳴裡、成長過程難免的苦痛中，進一步思索自我的界定與價值。（黃千芬）

秀巒山上的金交椅

文本論及議題	性別平等教育主要內容項目
V	兩性的成長與發展
V	兩性的關係與互動
V	性別角色的學習與突破
V	多元文化社會中的兩性平等
V	兩性權益相關議題

作　　者：陳素宜
插　　畫：趙梅英
出 版 社：九歌出版社有限公
　　　　　司
出版日期：1997 年 4 月
定　　價：150 元

「傳說中，只要坐上秀巒山上的金交椅，將來就可以成為家中發號施令的人。」傳統的中國社會，即使縮小到臺灣，這類傳說還是不少，有的內容極為類似，有的則相去萬里，但是中心思想都一樣，就是男女問題，和諧的話，和樂融融；反之，爭奪不斷，尤其在有三妻四妾的時代。《秀巒山上的金交椅》一書裡，也透露這類問題，但是加入了新思維，不只刻畫積極的女性形象，更闡釋了性別平等的意識。

秀秀是個準備上國中的女孩，平常都一身破長褲的打扮，走路時用跑的用跳的，活像一個好動的男孩子。大姊文定當天，媽媽怕人家笑話，逼她換上洋裝，為了虛應媽媽，便穿上鵝黃色襯衫，搭配水藍色褲裙，讓秀秀覺得相當不自在。尤其被她的死對頭范立明看到，他們在學校常常發生男女之爭，而且擴大到爭尋金交椅，一個為自己的大姊，一個替自己的表哥。

經由十三歲的秀秀的描述，本書對男女的問題，以淡淡的筆觸，寫出了少女的情懷，情節生動，筆調委婉而細膩。從老一輩人的觀點，女孩子要穿裙子，舉止態度必須端莊賢淑。說到他們一家都是女孩，簡直刺到媽媽的痛處，似乎與爸爸一樣，以為女孩不可單獨與男孩外出等，有重男輕女之嫌。范立明的媽媽也是如此，不准兒子進廚房，認為那是女人的事。作者對此描寫得鉅細靡遺，但是頗不以為然，頻頻以秀秀的觀點，點出女性的積極面，例如秀秀在校的成績，或者其他活動的表現，不只名列前茅，更與男生合作無間，為班級爭光。

作者把劉川豐這個角色帶入，讓他走進廚房，藉以把「男孩才能當家、女子無才便是德」這類觀念驅出思想之外，再透過秀秀和其他人找到金交椅，而范立明的表哥抱著秀秀的姊姊，同時坐上了在石壁上的金交椅，促成了異性同儕之間彼此尊重的意識。（蔡正雄）

貝絲丫頭

文本論及議題	性別平等教育主要內容項目
V	兩性的成長與發展
V	兩性的關係與互動
	性別角色的學習與突破
V	多元文化社會中的兩性平等
	兩性權益相關議題

作　　　者：Bette Greene
插　　　畫：Charles Lilly
譯　　　者：吳禎祥
出 版 社：智茂文化事業有限
　　　　　公司
出版日期：1997 年 4 月

　　這是一個溫馨且有趣的故事，貝絲是位聰明又勇敢的女孩，菲力普是她的好朋友。在故事中貝絲表現出勇敢、積極而主動的個性：和菲力普合力在半夜抓到偷火雞的小偷，一個人獨自在山上尋找腳受傷的菲力普，或是為了完成上大學的夢想，想辦法籌措念大學的經費，盡心照顧自己種植的農作物，希望這些蔬果能賣得好價錢，這樣她就能上大學了。

　　此外，貝絲還很擔心一件事情，怕自己考了第一名後，菲力普就不會喜歡她了。她是因為這樣才考第二名的嗎？女人一定要處於弱勢，才能得到男人的憐憫和關注嗎？如果女人真的勝過男人，就無法得到男人真誠的祝賀嗎？能力的高低只是人們行為的一部分，能讓他人感受到自己主動、積極和勇敢、和善等特質，才能夠得到大家喜愛和尊重，貝絲就是這樣，每天細心呵護、餵養屬於自己的小牛，讓小牛日漸成長健壯，而能在養牛比賽中獲得了勝利。面對失意的菲利普，讓她體會出：真正的勝利，必須要能和朋友一起分享，如此，付出的努力才有意義。不需要刻意將誰當成對手，而一定要贏對方；贏了，也不需要對誰炫耀，只要盡力做自己，一切都值得了。

　　菲力普受到同儕的壓力，也曾困惑過，在這場男人和女人的競爭中，輸給貝絲真的是一件很丟臉的事嗎？事後證明，這樣的眼光實在太狹隘了，因為當他在競賽中落敗後，貝絲依然是他最好的朋友，兩人的情誼並沒有改變，在想法上也更契合了。所以如果你擔心因為自己某方面優異的表現，而使喜歡的異性不敢和你交往，或因此而討厭你，套句貝絲說的話，「這是笨蛋才有的想法！」（林詩屏）

夏日天鵝

文本論及議題	性別平等教育主要內容項目
V	兩性的成長與發展
V	兩性的關係與互動
V	性別角色的學習與突破
	多元文化社會中的兩性平等
	兩性權益相關議題

作　　者：Betsy Byars
插　　畫：Ted Coconis
譯　　者：何夢秋
出 版 社：智茂文化事業有限
　　　　　公司
出版日期：1997 年 4 月

　　上一個夏天什麼都是對的，為什麼到了這個夏天，一切都不對了？最困擾的是，自己都不清楚問題出在哪兒？莎拉的心情就像坐翹翹板，忽上忽下，搞得自己煩死了。尤其是看到漂亮的姊姊汪達在眼前晃來晃去，再想到自己的大腳丫，忍不住又開始自怨自憐。在莎拉心中，外表是全世界最重要的事，她認為自己長得既不可愛，也不聰明，簡直什麼都不是。所有不平衡的情緒，加上找不到自我的定位而煩悶，讓她變得十分敏感，稍受外界刺激便胡亂發脾氣。雖然汪達和姑媽不斷地告訴她，外在的美麗會隨著時間而消逝，但莎拉還是聽不進去。就像她堅定地認為是喬伊偷了查理的手錶，她相信眼睛所看到的，而忽略了內在的真實。

　　查理的失蹤幫助莎拉認清人真正的價值所在，人生有太多重要的東西都比外表重要，例如生命。因為差點失去查理，莎拉在危急之中，才發現自己平日煩惱的事都太微不足道了。畢竟，幫助她找到查理的是勇氣與毅力，而非外貌。

　　事實上，莎拉最大的問題是對自己沒自信，因為沒有自信，而害怕去碰觸自己的內心，並一再貶低自己。就像她不喜歡汪達對別人提起查理，她認為查理是他們家的問題，不需要對外人說。又如她和查理到湖邊看天鵝，天鵝的優雅令她震懾，而這麼美的生物竟然到了這個不太漂亮的湖。她太自卑，似乎認為自己跟美的事物絕緣，「美麗的」天鵝降臨她家附近的湖，讓她感到不可思議。作者一直在故事中暗示著：外表跟內在沒有絕對的相關——外表美不代表內在一定美，同理，外表糟，內在卻不一定糟。

　　與喬伊一同尋找查理的過程中，莎拉終於能丟掉為了掩飾自卑而武裝的外在，碰觸自己柔軟的心，破除對外表的迷思，勇於承認缺點，獲得自信也有所成長。

（胡芳慈）

真情蘋果派

文本論及議題	性別平等教育主要內容項目
V	兩性的成長與發展
V	兩性的關係與互動
V	性別角色的學習與突破
	多元文化社會中的兩性平等
	兩性權益相關議題

作　　　者：管家琪
插　　　畫：沈佳德
出 版 社：幼獅文化事業公司
出版日期：1997 年 4 月
定　　　價：160 元

　　《真情蘋果派》一書由〈真情蘋果派〉、〈今天不是愚人節〉、〈停電的那一晚〉和〈星座少女的星座日記〉，以及〈神祕的小冊子〉、〈驚喜〉、〈榕樹下〉和〈祕密〉八個短篇故事組合而成。其中有五篇是以少男少女之間的情感爲主題，作者爲情竇初開的青春年華拍下一張張特寫，或許被鏡頭捕捉住的青澀模樣有點蠢，但幕幕都是當下的真情記錄。作者管家琪在書序裡表明自己的基本態度就是「尊重」兩個字，畢竟在成人之間充斥著許多看似成熟卻虛情假意的情愛，作者寫下這些青春故事，願讀者能以同樣的態度感受屬於年輕生命純淨的愛情，喚醒塵封記憶深處的悸動。

　　身爲女性作家，管家琪對描寫女性的心態是貼切入微的，在〈真情蘋果派〉、〈今天不是愚人節〉、〈停電的那一晚〉、〈星座少女的星座日記〉和〈驚喜〉五篇裡，她述說出女孩初面對感情時，既期待卻又怕受傷害的怯怯不安，特別在愛還猶疑不定，反覆猜測對方心意的胡思亂想，也流露在字裡行間。而〈神祕的小冊子〉中，作者刻畫出一個堅強的婦女形象，夢瑄的媽媽面對丈夫的外遇，拒絕委曲求全、睜一隻眼閉一隻眼，當愛已不復在，就該毅然放手，所以她寧可選擇離婚，開始自己新的生活。

　　時代已不可同日而語了，女性有權選擇自己所愛，不必再壓抑自己的情感，無論是年輕時代的純純愛戀，還是走出婚姻的緣起緣滅，都是認真坦誠面對自己情感的過程。我們欣見這樣一本書，作者呈現了愛情的千姿百態，愛，不一定都會是美好的，不一定都是浪漫的，不一定都會是從此過著幸福快樂的日子，但應該是真誠的。（張瑞玲）

黑色棉花田

文本論及議題	性別平等教育主要內容項目
	兩性的成長與發展
	兩性的關係與互動
V	性別角色的學習與突破
V	多元文化社會中的兩性平等
V	兩性權益相關議題

作　　者：Mildred D.Taylor
譯　　者：吳禎祥
出 版 社：智茂文化事業有限
　　　　　公司
出版日期：1997 年 4 月

洛克曾孜孜不倦地昭告世人：「 人生而平等！」喬治
歐威爾卻冷冷地在《動物農莊》說：「 總會有些人會比其
他人更平等一點。」美國歷經南北戰爭與解放黑奴，終於
履行了〈獨立宣言〉的信念與承諾。1928 年吳爾芙憤怒的
四處演講「若女性要寫小說，得有個自己的房間，與五百
英鎊」為女性爭取更多的聲音與權力。

但「求平等」這樁事就這麼甜美地畫下句點嗎？

顯然是沒有的！

透過蜜爾德瑞‧泰勒的《黑色棉花田》，所謂「人生而
平等」根本不存在於 1933 年，也就是奴隸解放戰爭後約七
十年後的非裔美人世界中。課本得等到被「白」人學生用
到殘破不堪，才輪得到「黑」人小孩使用；辛苦收成的棉
花賤價賣給白人，以換取僅夠糊口的日用品；不只如此，
黑人更要時時刻刻提防是否會遭到「夜行人」的酷刑與攻
擊。這些社會不義與人性的醜陋，都血淋淋地烙印在一個
十歲小女孩的童年記憶裡。

在這充滿不義與不公的荊棘底下，主角凱西的母親瑪
莉‧羅根女士的勇氣與堅毅性格，帶給凱西和讀者一盞希
望的燭光。例如：女老師用自以為是的優越感，指責凱西
「不知感恩」地踩壞早已破爛的教科書，她拿起膠水與剪
刀為破爛的課本貼上新的封面；當地主惡意威脅奪取凱西
家辛苦掙來的土地時、甚至被迫停止教職工作時，她仍不
放棄堅守家園的希望；當鎮上的白人執意處死犯錯的黑人
男孩時，她決定火燒棉花田，只為避免悲劇的發生。

這是一種態度，一種積極面對生命的無價態度，早已
無關性別的鴻溝與限制。凱西的母親所表現出來的堅強，
屢屢讓人聯想到馬丁路德博士的非暴力抗議行動與流傳千
古的演講辭。寂靜無聲的沉默並不代表沒有意見，打不還
手並不代表軟弱。這位手無寸鐵的母親傳達給下一代的孩
子，是冷靜處理問題的機智與勇敢挑戰惡時仍不忘留下尊
嚴與人性光輝。（黃千芬）

孿生姊妹

文本論及議題	性別平等教育主要內容項目
V	兩性的成長與發展
V	兩性的關係與互動
V	性別角色的學習與突破
V	多元文化社會中的兩性平等
	兩性權益相關議題

作　　者：Katherine
　　　　　Paterson
譯　　者：李雅雯
出 版 社：智茂文化事業有限
　　　　　公司
出版日期：1997 年 4 月

　　露易絲和卡蘿蘭是對雙胞胎姊妹，露易絲早生幾分鐘，她將那幾分鐘視為珍寶，因為那是家人唯一重視她的時刻；卡蘿蘭出生時並不順利，家人忙著搶救她，全然忽略一旁的露易絲。長大後，卡蘿蘭乖巧美麗，言行舉止如優雅淑女，又有一副好歌喉，簡直人見人愛。相反地，露易絲長得高大健壯，喜歡和男孩子上船捕蟹，一天到晚往外跑，不太受到家人的注意。

　　露易絲知道自己跟卡蘿蘭不同，對卡蘿蘭有著愛恨交織的感情。她雖然以卡蘿蘭為榮，卻也因為卡蘿蘭總是搶鋒頭而憤恨不平，有時甚至希望卡蘿蘭消失。她眼睜睜看著自己暗戀的華萊士船長，願意出錢讓卡蘿蘭去學音樂，更看著自己最好的朋友柯爾向卡蘿蘭求婚。卡蘿蘭似乎搶走了露易絲的一切。

　　露易絲無時無刻不希望變成男孩子，可以和父親一同出海。在卡蘿蘭出外學音樂，柯爾從軍後，露易絲終於有機會進入男人的世界，和父親一同工作，成為父親的好搭檔。那段時間她像上等牡蠣一般緊閉外殼，不讓任何人傷害她。雖然不是按著一般人的標準過活，她感到深切的滿足，她再也不需和任何人嘔氣，可以將全部心力投注在船上的工作。然而，從另一方面來看，露易絲始終沒有勇氣突破自我束縛，沒有建立自信心，她將自己困在島上，不敢出去追求自己的理想。直到與母親一番對話後，露易絲終於看清自己的盲點：她失去的一切，不是被卡蘿蘭搶走，而是自己放棄了。最後，露易絲離開小島，努力去爭取自己想要的人生，為自己找到一條路，也得到生命中最大的快樂與滿足。

　　作者藉用聖經中雅各伯與厄撒烏的故事，敘述一對雙胞胎姊妹對自我的追尋，對比呈現兩者的不同，藉此鼓勵女性能丟棄自我設限，走出傳統的框架，勇敢做自己。（胡芳慈）

將軍與兒子

文本論及議題	性別平等教育主要內容項目
	兩性的成長與發展
	兩性的關係與互動
V	性別角色的學習與突破
V	多元文化社會中的兩性平等
	兩性權益相關議題

作　　者：Robert Cormier
譯　　者：廖世德
出 版 社：中唐志業有限公司
出版日期：1997 年 7 月
定　　價：220 元

　　2001 年 9 月 11 日，紐約雙子星大樓遭受恐怖分子攻擊，你以為「電影上才會出現」的虛構想像，透過衛星畫面，活生生血淋淋地呈現眼前。

　　恐怖分子挾持一輛滿載兒童的校車，要脅美國政府答應他們的訴求，不惜犧牲無辜的兒童性命與積極求生的女駕駛，只為了完成偉大領袖的命令與旨意。

　　以上所述第一段是「真實」發生的恐怖攻擊事件，第二段則是作者完成於 1994 年的舊作《將軍與兒子》的簡要情節。兩相比較，卻產生令人戰慄的雷同與真假莫辨的混亂。

　　作者譴責恐怖分子的暴行，讓讀者體會暴力「以牙還牙」的血腥與無謂，甚至小小顛覆了性別與職業的單一刻板印象。安排三位年齡相仿、不同國籍的青少年突顯戲劇張力：即將以殺人作為成年禮的恐怖分子米羅、巴士「女」駕駛凱蒂與身為大美國主義將軍的兒子班。作者用類似電影交叉剪接般精準地轉換故事場景、敘事者的觀點，以第一人稱、第三人稱直述和側寫面對事件發生時的感受，細膩地記錄三個青少年在這次「巴士與橋」事件當下的心路歷程與轉折衝突。

　　看似家教良好、幸福的班，背後卻隱藏著對將軍父親長久以來對他的冷漠態度，所產生的不諒解與陌生；當他被父親指派去獨自面對恐怖分子，無法忍受肉體刑求帶來的痛苦，而面臨愛國與叛國的掙扎，都如實呈現於讀者的面前。恐怖分子米羅，一開始想要以殺人獲得認同，卻因為對巴士女駕駛的莫名情愫，內心所產生的不忍與天人交戰，同樣躍然紙上，沒有偏頗與指責。

　　「男孩別哭！」真是如此嗎？男子氣概非得透過仇恨與血腥的殺戮，方能彰顯？女性只因為受限於生理上的弱勢，而成為永遠等待救援的弱者嗎？在這偌大的人世間，沒有絕對的善與壞到底的惡，沒有男尊女悲的八股教條，只有真實的人性與衝突，也許，這就是《將軍與兒子》溢於言表可貴的地方。（黃千芬）

藍藍的天上白雲飄

文本論及議題	性別平等教育主要內容項目
	兩性的成長與發展
	兩性的關係與互動
V	性別角色的學習與突破
V	多元文化社會中的兩性平等
	兩性權益相關議題

作　　者：屠佳
插　　畫：陳裕堂
出 版 社：九歌出版社有限公
　　　　　司
出版日期：1997 年 9 月
定　　價：150 元

　　十二歲男孩的眼睛，捕捉了什麼？十二歲男孩的內心，蘊藏了什麼？《藍藍的天上白雲飄》的王家寶或許能告訴我們。爸爸遠赴越南開創事業第二春，媽媽忙著設計衣服，姊姊努力尋找合適的工作，獨自一人的王家寶，利用不上學的暑假在小公園中散步，慢慢認識新家附近的人事物。他和阿美族的男孩胡添貴成了好朋友，兩人一起放走了雞販捉的綠繡眼，一起拜訪屋頂上的麻雀窩，一起為張奶奶尋找迷路的小狗，一起面對小霸王小七。王家寶看到了胡添貴一家人在都市中奮力工作，期待未來能過幸福日子；也看到了媽媽和阿姨對原住民的不了解與誤解，十二歲的他努力地想讓媽媽知道，胡添貴一家人是好人。

　　本書試著貼近男孩的內心，透露出男孩是溫柔的，是有愛心的。為傻孩子伸張正義，拿回被小七搶走的皮球；希望李姊姊能找到真愛，而重拾快樂；看到雞販設下陷阱捉綠繡眼，男孩們分工合作地將鳥籠的門關上，避免貪吃的小鳥誤闖；或是放走已經被捉的小鳥；為了彌補被自己驚嚇的張奶奶，盡心盡力為她找回迷路的小狗，有空時就陪獨居的張奶奶聊天，聽她說說年輕時的風光，也幫張奶奶除去使她擔心受怕的老鼠；不忍殺害老鼠而採取放水流的方式，使牠無法再回到張奶奶家。男孩除了看電視、玩玩具，也關心身邊的人事物，希望一切都美好。男孩是會害怕的，面對小七的蠻橫，害怕的他們也只能暫時妥協，直到胡添貴的哥哥出面，讓小七了解力氣大並不能代表什麼。男孩也會孤單，當感到孤獨時，王家寶會到水族店看魚缸中的彩鰻，想省下自己的午餐錢，早日將彩鰻買回家，那麼他就有寵物陪伴了，就不會那麼寂寞了。

　　男孩用溫暖的眼睛觀看世界，男孩用纖細的心感知生活，走進他的內心，你會發現男孩是有很多面向的。（徐筱琳）

兩個女人

文本論及議題	性別平等教育主要內容項目
	兩性的成長與發展
	兩性的關係與互動
V	性別角色的學習與突破
V	多元文化社會中的兩性平等
V	兩性權益相關議題

作　　者：Velma Wallis
插　　畫：Jim Grant
譯　　者：喻小敏
出 版 社：玉山社出版事業股
　　　　　份有限公司
出版日期：1997 年 12 月
定　　價：160 元

　　《兩個女人》內容涵括了老人、女性與原住民的議題。故事發生在阿拉斯加的原住民部落中，嚴酷的冬天導致饑荒，經過族人的決議，兩個老女人被遺棄在冰天雪地之中，他們必須靠著過去的經驗與知識來維持生活所需，許久不曾為生活奮鬥的兩人，在一股不服輸的心情下，重新燃起生命力，終於贏得族人的尊重與肯定。

　　故事中的兩個女人分別有著不同的背景和個性：吉吉佳對命運一向採取順從的態度，雖然心有不甘，但是依然接受所有已發生的事，回想自己小時候也經歷過族人遺棄老人的事件，當時的她除了恐懼之外，並無能為力。她有一個女兒和一個孫子，當她想到族人決定遺棄她時，女兒竟然沒有為她抗爭，這讓她感到十分傷心與失望，曾經一度想要放棄與自然的搏鬥。然而，吉吉佳的好朋友莎在這個時候以另一種積極的態度鼓勵她，莎的個性從小就像個男孩子似的，她喜歡出門打獵，並勇於反抗不合宜的傳統與權威，當她的部落決定遺棄一個老女人時，她為了這個老女人反抗酋長，因而被驅逐出原本的部落。

　　吉吉佳表現出來的是女人的弱勢，同時她也代表社會對女人的要求與刻板印象；莎則代表女人的自主與自立，從她身上，我們看到積極爭取權益的精神。這兩個女人證明了老人不一定是只會抱怨、不事生產的累贅，證明了女人不一定是弱者，同時更表現出善良與寬容，在族人二度面臨饑荒時，不計前嫌地提供自己過去辛勞儲存下來的食物，讓大家都能獲得溫飽。

　　作者薇瑪・瓦利斯是阿拉斯加的原住民作家，從小生活在十三個兄弟姊妹的家庭中，小時候曾經聽說過阿拉斯加阿薩巴斯坎族裡，關於兩個被遺棄的老女人的傳說，長大後便將這個傳說化為文字。兩個女人在瓦利斯簡潔的文字之下，散發出強勁的生命力。（陳瀅如）

大腳李柔

文本論及議題	性別平等教育主要內容項目
Ｖ	兩性的成長與發展
Ｖ	兩性的關係與互動
	性別角色的學習與突破
Ｖ	多元文化社會中的兩性平等
	兩性權益相關議題

作　　者：張如鈞
出 版 社：小魯文化事業股份
　　　　　有限公司
出版日期：1998 年 2 月
定　　價：190 元

　　當大部分的學生競相湧進課輔班、才藝班時，李柔
選擇在足球場上馳騁她的青春，一雙得天獨厚的大腳，
不但為球隊踢出好成績，也為她的人生射下一記精彩好
球。作者雖然賦予李柔如此嬌弱的名字，卻刻畫出一個
積極且活力十足的女孩形象，一開始李柔的父親對於她
要加入足球隊的反應，是詫異且反對的，一句：「女孩
子家踢什麼球！」不只是李柔爸爸的心聲，也是社會的
普遍認知。最後李柔用行動證明了男孩子能，女孩子當
然也能，不該一開始就因為性別而被剝奪機會，能力才
是評斷的標準。

　　在書中李柔正處於青春期，作者以輕鬆的筆調處理
向來令人難以啓齒的「初潮」，陰錯陽差地演變成球場
上的重傷意外，編織出一段又糗又好笑的插曲。而青春
期情竇初開，對於數學老師日益萌生的情愫也為李柔帶
來困擾，在撞見數學老師的女友後，青澀的單戀才逐漸
消逝。作者並非僅將鏡頭聚焦在李柔身上，李柔的好朋
友莉莉雖然逃離殘缺的家庭，卻又陷入未婚懷孕的困境
中，面臨墮胎的抉擇。比賽在即，女隊員們卻頻頻遭受
教練的性騷擾……。作者企圖反映在現實生活中女性遭
遇到的傷害，但除了揭露社會問題之外，更流露出作者
對女性的期待，當遭遇困難或侵害時，不要自怨自艾、
不要姑息隱忍，應該如同書中的女性角色，在冷靜思考
過後，勇敢地站起來面對問題，尋求解決之道。

　　《大腳李柔》述說的不只是一個十三歲足球員的青
春情事，當作者藉由故事將社會問題輕輕提起時，被觸
動的讀者又怎能輕易放下？闔上書本，舞動青春的演員
們已經謝幕，該我們上場了。（張瑞玲）

一把蓮

文本論及議題	性別平等教育主要內容項目
	兩性的成長與發展
	兩性的關係與互動
V	性別角色的學習與突破
V	多元文化社會中的兩性平等
V	兩性權益相關議題

作　　者：林滿秋
出 版 社：小魯文化事業股份
　　　　　有限公司
出版日期：1998 年 5 月
定　　價：210 元

　　《一把蓮》是以明末荷蘭據臺為時代背景的少年歷史小說，描寫女孩寶惜在打撈古瓷沉船的傳說陰影下，生活和心理的衝擊歷程。

　　十年前父親拋下家人，出海打撈沉船，使得寶惜原本溫馨的家庭陷入一片愁雲慘霧之中。弟弟早產，一出娘胎就死了；母親經不起多次的打擊，日益消瘦，不久也去世了。而後，青梅竹馬的海生也因為古瓷沉船的傳說，出海追求理想，遠離寶惜。父親奇蹟似的歸來，卻又為了尋找古瓷一事，全家離開泉州，前往臺灣。陌生的環境，加上一連串的事故，寶惜的際遇就如小說一開頭出現的樹梅一樣「清澀甘甜」。

　　中國女性地位，過去一直不如男性，《一把蓮》多少透露這般現象。男人出外工作，為理想奮鬥，可以不與家人聯絡；妻兒只能扮演等待和忍耐的角色，留守家園，期盼男人早日歸來，林長風的妻子如此，寶惜亦然。然而，不同於其他女性，寶惜勇敢而獨立地活著。她勇於面對不斷變遷的生活環境，積極的表達自己的想法。從泉州到臺南，她遇到許多不同的族群：平埔原住民、荷蘭人以及日本人等。多元的社會，讓她有機會見識到外面的世界，不再只是見識淺薄的小村姑，而能夠理性、冷靜的分析政治問題，並清楚地看透殖民統治下的矛盾所在。

　　此外，寶惜出身於陶瓷畫師世家，耳濡目染下，也擁有精湛的繪瓷本領。「一把蓮」是她最拿手的本領，可以繪出折枝蓮、蓮塘水藻游魚等多種款式。「寶惜手工細，畫出來的一把蓮，生動靈巧，濃淡變化的筆觸，再加上枝梗彎曲的律動，整個盤面因而精緻起來。」雖然因為她是女生，無緣進入官窯一展長才，但能在當時的社會中，擁有屬於自己的「才」，實屬不易。

　　蓮花的清淨純潔，雖是柔情的，卻也有梗直的一面；寶惜的個性，正像蓮花般柔中帶剛，在耐心等待生命中兩位重要男人歸來的過程中，堅強地接受惡劣環境的大小考驗，散發愈挫愈勇的生命力。（陳毓華）

一個愛的故事

文本論及議題	性別平等教育主要內容項目
	兩性的成長與發展
	兩性的關係與互動
	性別角色的學習與突破
V	多元文化社會中的兩性平等
V	兩性權益相關議題

作　　者：Ruth White
譯　　者：趙永芬
出 版 社：小魯文化事業股份
　　　　　有限公司
出版日期：1998 年 5 月
定　　價：200 元

美女，外表長得不出色，而終身活在美麗姐姐的陰影下，情人也因此而變心，使她刻意禁錮自己內心的想法，雖然如此，她還是很渴望能盡情舒展自我；姬賽，周遭的人只注意到她蓄留的美麗金長髮，卻忽略了她散發出的各項特質，深深感受到自我失蹤的無助，而急欲尋求自我認同。《一個愛的故事》關注的主題是：外貌的美醜，讓文本中的人物遭受到哪些不同的對待？又產生了何種困擾？藉由尋訪美女阿姨失蹤真相的過程，姬賽接受並諒解了爸爸不顧家人而選擇自殺的原因，同時掙脫美醜加諸身上的桎梏，使其他人改變，轉而注重她真正的內在自我。

美女阿姨具有獨特的氣質，卻敵不過眾人對外貌的要求，使她空有出色的才藝，卻因普通的外表而無法得到展現的機會，無法突顯個人的才能，內心滿是受到不平等待遇的委屈，性格上的堅毅不服輸，讓美女拋開一切居住於彎曲山脊中。直至某一天，她那顆渴望尋求自由解放的心，再也無法忍耐屈居於彎曲山脊中，她選擇離開，在某個清晨下床後便不再回來。

而故事的主角——姬賽，一直傷感於美麗的金長髮遮蔽了她的其餘特質，旁人對她長髮的極度關注，使她除了頭髮之外的所有自我，全然被忽視，彷彿隱形了。內在與外貌之間的無法平衡，使姬賽感到迷惘困惑，直到美女阿姨體貼和善的兒子——梧羅，分享了她的心事並告訴她有關美女阿姨的故事，同時又發現爸爸是因為火燒毀容而自殺的事實時，姬賽終於掙脫了眾人對外貌期望的枷鎖，重整紛亂混淆的自我，尋找屬於自己存在的價值。（黃惠婷）

賓傑戀愛了

文本論及議題	性別平等教育主要內容項目
V	兩性的成長與發展
V	兩性的關係與互動
V	性別角色的學習與突破
	多元文化社會中的兩性平等
	兩性權益相關議題

作　　者：Peter Hartling
插　　畫：Rosy
譯　　者：張南星
出 版 社：富春文化事業股份
　　　　　有限公司
出版日期：1998 年 5 月
定　　價：120 元

　　如果你十歲的孩子，很不好意思地偷偷告訴你「他談戀愛了」，你會作何反應，拍手慶賀？嚴聲斥責？詳加探問？還是不知所措？

　　安娜原本住在波蘭，因為父親申請回德國定居，於是她回到了這個人生地不熟的「祖國」。由於家庭經濟狀況不佳，又需要適應全新的環境，安娜被全班排斥。起初，賓傑也不怎麼喜歡安娜，可是安娜那雙悲傷的大眼睛，和一些陸陸續續發生的校園插曲，不禁讓賓傑的心頭萬蟻鑽動，腦子裡充滿了安娜的影像。從祕密不小心被哥哥洩漏出去，到賓傑陪安娜回家、寫信給安娜、兩人互邀到家中吃飯和一起出遊，彼德‧哈特林以小學生的戀愛經驗為主題，細膩而真實地描繪當一個人「墜入情網」時的情緒與感受。他想要說的是：小孩子談戀愛並不像大人想的那麼複雜，沒什麼好大驚小怪的嘛！

　　從談戀愛來認識異性，也許是一種不錯的方法。要不是突然喜歡上安娜，賓傑也不會時時刻刻在乎或思考女生的感受，或許也不會想要多加了解安娜的喜好或者她的家庭，甚至主動伸出友誼的手，幫助安娜跨出「外地人」的身分，融入學校和德國的生活。到安娜家作客之後，他更了解彼此不同的文化背景，也知道要尊重安娜家的習慣，絲毫不會鄙視或嘲笑安娜的習慣或想法。

　　賓傑和安娜雙方的家長，也以相當理性和開放的態度看待這兩個孩子談戀愛；這種不帶偏見的態度，正是引導孩子認識正確而平等的兩性交往方式。孩子會對異性好奇，也會渴望與異性交往，若無法以恰當的態度帶領他們進一步認識另一個性別，而採取嘲笑或禁止的方式，反而會讓孩子對異性間的交往產生不良的誤解或幻想，以致影響長大後對異性和性的態度。因此，《賓傑戀愛了》是一本可以幫助孩子了解兩性交往態度的好書。

（李畹琪）

一名女水手的自白

文本論及議題	性別平等教育主要內容項目
	兩性的成長與發展
	兩性的關係與互動
V	性別角色的學習與突破
V	多元文化社會中的兩性平等
	兩性權益相關議題

作　　　者：Avi
譯　　　者：徐詩思
出 版 社：小魯文化事業股份
　　　　　　有限公司
出版日期：1998 年 6 月
定　　　價：230 元

　　作者自述原本是想將《一名女水手的自白》寫成關
於海鷹號的神祕小說，隨著愈來愈了解書中的主角──
雪洛，而逐漸將敘述方向聚焦於雪洛身上。作者在整個
航海過程中，營造了海鷹號上極為懸疑、緊張與神祕的
氛圍，並深入刻畫出雪洛於事件衝突前後的心態與價值
觀念上的轉變，更形成了十分強烈且震懾的張力。

　　《一名女水手的自白》的外在衝突點在於階層間的
衝突，擁有高權位的船長，鄙視並奴役地位卑下的水手
們，水手們在面對船長施加的種種不合理待遇下，心生
不滿，因而密謀反抗行動。內在衝突點則在於主角雪洛
的內心衝突與轉折，雪洛有著良好出身，是位來自上流
階層的女孩，在目睹所有與以往堅信的信念不合的事件
發生後，內心所產生的情緒掙扎，最後基於正義與責任
感，跳脫出原本高地位階層的觀點，重新審視、反思以
往所深信的信念，並在內心建構出新的價值觀。

　　十三歲的雪洛，正處於艾瑞克森社會發展論的「自
我統合與角色混淆」的危機中，因此我們看見雪洛如何
經由親眼目睹的事實真相，不斷修正內心的價值觀與正
義的定義，並試著從上層社會的教養與期盼中掙脫，衝
破禮儀的束縛、階級的藩籬，與普遍認為女性應堅守的
矜持，轉而尋求水手們的友誼及認同。

　　文本以雪洛的第一人稱進行敘述，所以我們可以看
到她在內心不斷反覆地檢討與自我對話，讓我們更加清
楚她情緒轉折的所有過程。雪洛雖然身處在全是男性掌
控的海鷹號上，但她並不畏懼男性的權威及特權，勇於
思考、反抗，並藉由自己的力量進行自我探索，最後由
混亂糾結的觀念中蛻變而出，更加堅定了自我追尋的方
向。（黃惠婷）

海 蒂

文本論及議題	性別平等教育主要內容項目
V	兩性的成長與發展
V	兩性的關係與互動
V	性別角色的學習與突破
	多元文化社會中的兩性平等
	兩性權益相關議題

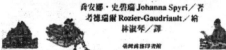

作　　　者：Johanna Spyri
插　　　畫：Rozier-Gaudriault
譯　　　者：林淑琴
出 版 社：臺灣商務印書館股
　　　　　　份有限公司
出版日期：1998 年 7 月
定　　　價：250 元

　　五歲的海蒂在父母去世後，被黛德姨媽送到祖父家中居住。祖父一個人隱居於山上的小屋，不和任何人打交道，多年來不曾踏進教堂，也沒有人願意親近他。海蒂的到來，改變了祖父原本的生活和個性，爲照顧這小蘿蔔頭，敞開封閉的心胸，透過海蒂的幫助，祖父重新回到社會和鄰居互動。然而黛德姨媽再次出現，將海蒂帶到法蘭克福擔任克蕾娜小姐的陪讀。傷心的祖父重回之前孤僻消沈的模樣，海蒂也一直想念著阿爾卑斯山上的一切，渴望回家。在身體愈來愈差的情況下，海蒂終於如願回到祖父的懷抱。

　　海蒂是一個活力十足的小女孩，好奇心強，勇於嘗試，認真執著，坦率直言；別人習以爲常的事物，在她眼裡都是新鮮有趣的。雖然不像「清秀佳人」的安妮和「日光河畔」的雷碧嘉那樣喋喋不休，但海蒂和她們一樣都具有某種吸引人的特質，那就是帶給別人歡樂和好心情，如同會發光的金球一般。海蒂的熱情，融化了祖父封閉已久的心，願意到山下和他人親近，也讓一直生活在黑暗裡的婆婆，開始有愉快的事情可以期盼。在施曼先生家，海蒂同樣造成極大影響，除了羅登小姐外，幾乎每個人都接受了活潑好動的海蒂，尤其是克蕾娜小姐。因爲有了海蒂的陪伴，生活不再枯躁無味，兩個小女生相互欣賞和喜歡，建立起深厚的友誼。不同的成長背景，不但未阻礙兩人的交心，反倒使彼此更加珍惜這分差異性和無形的親密感。

　　《海蒂》一書傳達了愛與尊重：祖父順著海蒂的天性，讓她自然成長，不刻意將海蒂教養成「女孩子」的模樣，使海蒂得以享受最快樂的童年時光。海蒂也認真地觀察祖父的一舉一動，適時傳達對祖父的關心，使祖父在愛的滋潤下，重新擁抱眾人。法蘭克福伴讀之旅，提供海蒂學習讀寫和接近上帝的機會，讓她爲克蕾娜小姐開啓生活之窗，也有能力爲婆婆帶來信仰上的喜悅，替更多人帶來幸福。（陳毓華）

小殺手

文本論及議題	性別平等教育主要內容項目
V	兩性的成長與發展
V	兩性的關係與互動
V	性別角色的學習與突破
V	多元文化社會中的兩性平等
	兩性權益相關議題

作　　者：Jerry Spinelli
譯　　者：趙永芬
出 版 社：小魯文化事業股份
　　　　　有限公司
出版日期：1998 年 12 月
定　　價：210 元

　　魯波馬並不想成為鎮上年度射鴿大賽中，負責扭斷受傷鴿子脖子的小殺手，但鎮上每個男孩在年滿十一歲後，都必須擔負此一任務，並從九歲生日開始，接受一項不成文的生日儀式——讓最令孩童害怕、畏懼的凶猛男孩，用中指的指節用力地敲擊壽星的手臂，同時獲准加入男孩的死黨團體中。加入了死黨團體，就必須討厭和捉弄周遭的女性同伴，魯波馬興奮地加入了豆豆的死黨團體，但假裝痛恨女生及鴿子這些事，卻讓他感到非常不安與迷惘。直到一隻鴿子飛到窗前，魯波馬將牠藏在房間內飼養，並和鄰居女孩小桃分享這件不能公開的祕密後，魯波馬才逐漸面對心中的真實感受，也接受男生與女生間的友誼。

　　威瑪鎮的兩性孩童相處，就像是當地成人社會的縮小版：男人們在射鴿大賽中兇殘地獵殺鴿子，籌募維護公園的經費，女人則是準備家庭節日的活動，默許射鴿行動的發生；小男生們榮耀地加入死黨團體，期待成為賽事中的小殺手，小女生們則毫無組織，平淡而溫馴地承受男孩們的捉弄。男性的射鴿行為與死黨團體所產生的兇暴現象，全都以慈善與榮譽的理由為表象，冠冕堂皇地進行，而女性卻淪為沉默的一群。

　　魯波馬與小桃兩人的友情，因魯波馬加入死黨團體而逐漸疏離，卻因鴿子「鉗子」的祕密分享而不再感到尷尬，「鉗子」成為男孩與女孩尷尬成長階段上的溝通橋樑。而原本因生理及心理上微妙變化而產生的男女界線和對立，在小桃給予言語上的鼓勵與支持後，讓魯波馬對女生纖細和同情的心理，多了一分尊重的感覺；而魯波馬不忍殺害鴿子的憐憫之心，也讓小桃看見男孩的勇氣，進而對男生有了不同的觀感。男孩與鴿子間、男孩與女孩間的情誼，都在作者描繪魯波馬勇敢地對抗殘暴的制度、男孩與女孩的情感分享中，得到應有的成長與尊重。（黃惠婷）

女生的交換日記

文本論及議題	性別平等教育主要內容項目
V	兩性的成長與發展
V	兩性的關係與互動
V	性別角色的學習與突破
V	多元文化社會中的兩性平等
	兩性權益相關議題

作　　　者：井上明子
譯　　　者：嶺月
出 版 社：文經出版社有限公司
出版日期：1999 年 1 月
定　　　價：150 元

　　「這世上只要有一個人對妳好，妳就不孤獨、不寂寞。」在這本《女生的交換日記》裡，述說四個國一女生，擁有濃得化不開的深厚情誼，卻因為情竇初開的愛戀，讓彼此的友誼，產生了一連串的矛盾、嫉妒、對立與寬容的情緒起伏。

　　透過作者井上明子的細膩深刻描寫，將少女在面臨友情與愛情的抉擇時的心理反應，表現得淋漓盡致。在印象中，女生們似乎很熱衷、執著於建立自己的「小團體」，在這個小團體中，分享彼此的心事、祕密、快樂和煩惱。小團體的成員，必須遵守一定的規則，不容許背叛或偷偷與團體外的對象要好，尤其一定要公開自己的祕密，例如喜歡的對象等等。

　　然而，看似堅固的同性情誼中，往往容易被成員心中滋生的「異性相吸」情懷，輕易地破壞。在故事中，美雪、千惠和道子同時喜歡上班上的男生「和田純一」，美雪為了顧及和千惠的友誼，而將對純一的戀慕之情隱藏在心中。千惠除大膽向純一告白之外，也懷疑美雪和純一私下交往，而心生嫉妒，刻意拉攏道子和尚子而排擠美雪。心地善良的道子，得知自己心儀的純一也喜歡自己時，心裡雖然很高興，但是為了不讓好朋友千惠難過失望，也拜託美雪代她善意拒絕純一，希望和他當普通朋友就好了。

　　而男主角「純一」的反應呢？他善意的拒絕千惠的愛慕之情，卻不讓她難堪；為了怕造成道子的困擾，採取不署名的方式偷偷送她生日禮物，傳達對她的祝福與欣賞；純一並不知道美雪對他的愛慕，而對美雪維持著異性朋友相處時，適當的禮貌和照顧。

　　本書除了描寫少女對友誼的重視、對愛情的憧憬之外，也透露少男少女在面對愛情的困惑時，如何自處與解決疑惑。即使有著性別的差異，在友情和愛情上，可能都會面對相同的問題，而本書提供了很好的解答。

（王韻明）

什麼樣的愛？

文本論及議題	性別平等教育主要內容項目
V	兩性的成長與發展
V	兩性的關係與互動
	性別角色的學習與突破
	多元文化社會中的兩性平等
	兩性權益相關議題

作　　者：Sheila Cole
譯　　者：傅湘雯
出 版 社：幼獅文化事業股份
　　　　　有限公司
出版日期：1999 年 2 月
定　　價：200 元

　　《什麼樣的愛？》一書建立在真實生活中，未婚懷孕少女、社工和老師等人的訪談上，以少女未婚懷孕作為主題的日記體小說。作者藉由未婚懷孕少女這項社會議題，對愛作更廣泛的探索。

　　不論從現實社會或作品中，皆反映出未婚懷孕不僅考驗當事者，更考驗家人與社會的愛。彼得讓薇樂瑞懷孕以後，不但受到家人的保護，也重新往醫學院的目標邁進。但是薇樂瑞在懷孕後，不僅失去彼得，還得獨自面對朋友與家人的歧視，她不再是耀眼的 15 歲小提琴手，而是陷自己於萬劫不復的呆瓜。彼得雖然曾對薇樂瑞作了天真的擔保，但他面對現實的勇氣與毅力實在薄弱，連到福利機構填張表格都做不到。他的口頭保證禁不起時間的考驗，激情多過於愛情，最後他選擇了逃避。

　　從未婚懷孕的風波中，薇樂瑞發現人們已經無法像從前一樣的愛她，彼得的保證也成了謊言。她在日記中娓娓道出面對生命不期然的轉折時，即使外在看來瀟灑不拘，內心卻敏感脆弱，渴望有人能支持、了解與關愛。唯一讓薇樂瑞對人生抱持一絲希望的，是提琴老師瑞可夫太太，她在大學也曾有過小孩的經驗，讓薇樂瑞不再把小孩當作別人恐嚇下的「前途殺手」。

　　青少年對愛情往往充滿浪漫與美好的想像。然而在「愛」與「性」天真而單純地結合後，所引發種種複雜的現實危機，卻殘酷地需要勇氣與毅力去面對。希望沉醉在戀愛甜美滋味中的少男少女，都能停下來想一想「什麼才是真愛？」（陳素琳）

滑輪女孩露欣達

文本論及議題	性別平等教育主要內容項目
V	兩性的成長與發展
V	兩性的關係與互動
V	性別角色的學習與突破
V	多元文化社會中的兩性平等
	兩性權益相關議題

作　　者：Ruth Sawyer
譯　　者：林秋平
出 版 社：小魯文化事業股份
　　　　　有限公司
出版日期：1999 年 2 月
定　　價：210 元

　　《滑輪女孩露欣達》以女主角露欣達的日記形式
書寫而成。因母親必須至義大利養病，而將露欣達送
至蓋德尼旅館託付給彼德絲小姐，這一年就是露欣達
自稱為「孤兒」的一年。

　　活潑熱情的露欣達在紐約生活的這段時間，最喜
歡做的事，就是穿上她的滑輪鞋到處認識新朋友，從
旅館的房客到馬車夫、水果攤的小男孩，都能夠成為
她的好友。露欣達在這些日子期間，其實非常自由、
快樂的，除了艾蜜莉阿姨的干涉之外，因為艾蜜莉阿
姨總是看不慣她的行為，老是嘮叨地想將她改造為賢
淑、有氣質的女孩。但寬厚的姨丈卻時常為露欣達解
圍，並以莎士比亞的《暴風雨》將露欣達導入閱讀文
學的領域，露欣達因此建立許多相關的興趣，豐富了
她原本可能單調的孤兒生活。露欣達不同於以往在家
的拘謹與壓抑，而是以無盡的活力與充沛的情感，無
私地為周遭朋友付出，除了讓她學習到表達愛的方式
外，更獲得許多愛的回報，這一年是露欣達最難忘的
一年。

　　一位被認為是難纏倔強的小女孩，以一雙滑輪鞋
探索紐約市，也為自己帶來探索心靈的機會。露欣達
擺脫他人強加在她身上的枷鎖，率真地嘗試生命中的
各項經歷，而能逐漸了解真實的自我與釋放對愛的渴
望，其中小墜兒與王妃的死更讓露欣達一夕成長，對
生命、愛有了更深的體驗與想法。如同作者所說：「一
個擁有自由的孩子，或許能以獨特的方式，去捕捉凡
人無法聽聞的，星星移動時發出的絕妙樂聲……」
（黃惠婷）

別哭，泥娃娃

文本論及議題	性別平等教育主要內容項目
	兩性的成長與發展
	兩性的關係與互動
	性別角色的學習與突破
	多元文化社會中的兩性平等
V	兩性權益相關議題

作　　者：Laney Mackenna
　　　　　Mark
譯　　者：傅湘雯
出 版 社：麥田出版股份有限
　　　　　公司
出版日期：1999 年 3 月
定　　價：120 元

　　凱拉和家人住在陰暗的森林裡，他們的身上覆蓋了
一層又一層厚厚的泥巴，每一層泥巴，都是一段家庭悲
劇。早已習慣背負著不幸與悲傷的族人，將他們認為的
宿命代代延續，在不愉快的陰影之下，將自己的負面情
緒加諸孩子身上，一如凱拉的父母。盡管如此，凱拉卻
依然期待著愛與溫暖，在充滿愛與耐心的朋友猶塔出現
後，她鼓足勇氣進行神祕之河的淨化之旅，終於洗去身
上的層層泥垢，獲得新的生命。凱拉希望自己的改變能
夠影響家人，但長期累積的泥巴矇蔽了他們的真實情緒
和理智，唯有年幼的妹妹依然期待著愛與溫暖，最後也
踏上滌淨身心的旅程。

　　作者曾明言：「這是一本為撫平傷害與不幸而作的
書。」凱拉正如在現實中受到傷害的孩子，他們所受的
傷害也許來自陌生人，又或許來自父母及其他親人，這
些傷害使得孩子們成了書中的泥娃娃，破碎的心靈和不
堪回首的記憶，使他們在尋求復原的過程，備受艱辛。

　　本書以泥人家族的故事，引導讀者進入孩子破碎心
靈的世界，像凱拉這樣一個被不幸環繞的孩子，所幸遇
上了生命中的心靈導師猶塔，才能鼓起勇氣克服一切困
難，扭轉自己原本灰暗的命運。她積極地迎向未知旅程
所帶來的恐懼，一心為了最終的目的——獲得愛與溫暖
而努力，當自己終於獲得重生之後，再轉而成為幫助其
他族人獲得新生的解救者。

　　凱拉的故事，提醒眾人注意到這些有著相同際遇的
孩子，或許在層層泥垢的矇蔽之下，他們無法看見屬於
自己的心靈導師，也未必能夠像凱拉一樣積極地面對自
己的不幸，並且得到復原的機會。作者以這個故事作為
自我療傷及釋放負面情緒的出口，她的個人遭遇是一連
串對抗不幸與追尋自我的過程，反映在書中人物凱拉的
身上，憑藉自己的力量得到解脫，一掃過去只能在失去
生命後才能獲得心靈釋放的宿命，或許這也是作者對世
界上所有受虐孩子的期待吧！（凌夙慧）

一個女孩

文本論及議題	性別平等教育主要內容項目
	兩性的成長與發展
	兩性的關係與互動
V	性別角色的學習與突破
V	多元文化社會中的兩性平等
V	兩性權益相關議題

作　　者：陳丹燕
出 版 社：民生報社
出版日期：1999 年 6 月
定　　價：220 元

　　《一個女孩》是一本十萬字的長篇小說，作者陳丹燕以自傳體的形式，描繪一個女孩（作者的化身）經歷文化大革命（從 1966 年到 1976 年）的成長過程。在這樣的背景下，讀者可以看到她的成長經歷、同學間的相處和母女間的對立、她與隔壁童話伯伯間的忘年交流、在病房中情竇初開……等；同時也看到其他年輕人，在那樣混亂的年代如何尋找自身的定位。作者透過一個女孩的觀點，呈現造反有理、革命無罪的文革真實情況，如：抄家、燒書、知識分子遊街認錯等。在那個動亂的年代，潛在的醜惡人性被引發，使人們互相傷害。陳丹燕以沉靜的筆，冷眼描繪出時代的悲劇，無聲卻有力。

　　在本書中，女性仍須背負舊社會傳統的期許，如母親對主角說要學著做家事，免得將來被婆家的人說沒有家教。可見身為女孩，仍擺脫不開舊社會的男性思維。但也可看見時代的進步影響女性的形象，女性自身的才華受到重視，就像主角被領導的妻子稱讚有才氣一樣。文中的主角處在新舊交接的時代，種種傳統和現代交錯相衝突的價值觀加諸在她身上，使她從小就對女性的身分不感認同，羨慕男孩們可自在的過自己想過的生活，而不需遵循特定的行為模式。至青少年期，身處青春期的反叛，尤其對自己身為女性感到掙扎、質疑。那種看不起女孩「小氣、虛榮、沾沾自喜」的表現，促使主角反抗「女孩子氣」的外在和行為，而以男性裝扮代替，直到自己也偷偷愛戀上一個男孩子，她終於能體會同年紀女孩子的心情，感受身為女性不再是一項負擔。

　　這本以自傳體書寫的小說，誠實的描繪出女性價值觀的轉換，並且可看到作者極欲脫離傳統對女性不合理桎梏的努力。(胡怡君)

太平天國

文本論及議題	性別平等教育主要內容項目
V	兩性的成長與發展
V	兩性的關係與互動
V	性別角色的學習與突破
V	多元文化社會中的兩性平等
	兩性權益相關議題

作　　者：Katherine
　　　　　Paterson
譯　　者：連雅慧
出 版 社：小魯文化事業股份
　　　　　有限公司
出版日期：1999 年 6 月
定　　價：210 元

　　《太平天國》對中國女性的傳統形象與性別，作了明顯的顛覆與刻畫。王立這個角色，傳達出清朝男性對女性抱持著傳統與保守的看法，他認為女性該纏小腳，而且不會認字讀書。他的偏見特別表現在對客家女性的歧視上，因為客家婦女在勞動的環境下，就是不纏小腳的女性，他看到他們的大腳丫時不免產生一股輕視。作者不斷以客家婦女不纏小腳的勞動與勤奮形象，對比中國傳統的禮教，強調中國傳統觀念與男性價值觀才是纏裹中國女性的裹腳布。

　　在作品中，角色包括太平天國的真實歷史人物，但是真正表現出英勇為國，思考生命真諦的角色卻在一個十八歲的平凡女孩——美玲身上。美玲是個智勇雙美的女兵，在女性缺乏讀書識字機會的普遍情形下，她擁有讀寫能力，便是具有特殊的能力。女性在求知上的壓抑與限制，還表現在王立假扮女僕教五歲的小主人——寶玉認字時，反映出女性習字必須躲躲藏藏，不能正大光明的學習。知書達禮的美玲不僅和男性一樣，擔任傳授知識的文化傳承者，而且在軍事文化中，軍隊對她的依賴性則更為強烈。

　　美玲的努力與表現，不僅得到長官的信任而擔任要職，更讓男性兵丁不論長幼皆順服她的指揮。雖然她是一名年輕女性，在戰場上一樣能吃苦、能騎馬射箭，並且能充分運用智慧行事。作者在突顯美玲驍勇善戰的同時，讀者也可看到同樣在沙場上為太平天國的和平與理想奮鬥的婦女自衛隊，勇氣、體力與毅力使他們成為太平天國的生力軍，更挽救了軍隊的命運。

　　作者在強調女性救國與人生的可能性時，同時反映出代表積極女性形象的美玲的弱點，她對教條的過度執著與信賴；王立對太平天國信條始終保持懷疑與反省，對照出美玲單線思考與過度理想的危機。最後美玲能走出太平天國與天條的限制，是與王立建立家庭以後才有的解脫。（陳素琳）

地圖女孩 v.s. 鯨魚男孩

文本論及議題	性別平等教育主要內容項目
V	兩性的成長與發展
V	兩性的關係與互動
V	性別角色的學習與突破
V	多元文化社會中的兩性平等
	兩性權益相關議題

作　　者：王淑芬
插　　畫：羅安琍
出 版 社：小魯文化事業股份
　　　　　有限公司
出版日期：1999 年 6 月
定　　價：190 元

　　《地圖女孩 vs 鯨魚男孩》描述發生在相同時空下的故事，作者巧妙地設計了本書的翻閱形式，封面可以是封底，封底可以是封面，使讀者可分別從男孩和女孩的角度來閱讀，它能是一個故事，也能是兩個故事。

　　地圖女孩張晴有著亮眼的外表，課業與校園活動的表現都相當優異，但老師和同學只關注她的成績，使得她無法輕易敞開自己的心房，訴說內心深處的感情。只能自己面對家中的種種問題：父母間漸行漸遠的感情、大姑的古怪……母親爲了追尋自己想過的生活，不告而別，讓張晴感受到前所未有的混亂，成績不斷退步，卻也慢慢看清楚自己以前的美麗與驕傲，原來是一種自卑的保護傘。幸好，在這段孤單的日子中，不管她願不願意，同學老戴每天都陪她聊天，讓她知道有人是真正關心她；也因此張晴開始看到大姑溫柔和善的一面，了解爲何爸爸在經過多年的思索後，願意以寬容的心看待媽媽的離家，學著關心家人的她，終於長大了。

　　透過鯨魚男孩的敘說，我們認識了老戴（戴立德），生活在幸福的家庭中，父母間的相處充滿了愛與尊重，以開明的態度對待孩子，姊姊則是他在成長路上，依賴和學習的對象。老戴喜歡沈浸在鯨魚的世界裡，研究鯨魚也解讀周遭的人，初遇張晴時，即被她所吸引，以不著痕跡的方式關心她的喜怒哀樂，將喜歡化爲真摯地對待，一句「無論什麼時候，如果我必須想起一個人，我保證一定『第一』個想起你。」溫暖了張晴失意的心。老戴在一般人眼裡，或許平凡普通，但他的和善樂觀、他對姊姊和張晴的體貼，卻讓人覺得溫暖，而被他深深吸引，原來，男孩也可以如此貼心。

　　《地圖女孩 vs 鯨魚男孩》細膩描寫男孩與女孩間的互動，男孩如何在姊姊的協助下，以自然自在的方式走進女孩的世界，女孩如何將男孩傳來的溫暖，轉送至家人身上；淡淡的感情，未明說卻充滿溫馨甜美，支撐兩人面對生命中的各項課題。（林詩屏）

甜玉米和爆米花

文本論及議題	性別平等教育主要內容項目
V	兩性的成長與發展
V	兩性的關係與互動
V	性別角色的學習與突破
V	多元文化社會中的兩性平等
	兩性權益相關議題

作　　者：管家琪
插　　畫：黃淑華
出 版 社：幼獅文化事業股份
　　　　　有限公司
出版日期：1999 年 6 月
定　　價：150 元

　　管家琪對少女的心理觀察是很細膩的，透過《甜玉米和爆米花》兩位國一女生青青與小薇間的種種故事，表現出少女的矛盾、虛榮和淡淡的暗戀情懷，以及同性女孩間相互依賴、扶持的情誼。

　　青青和小薇是故事主角，青青長相平庸，個性率直的她，好打抱不平；小薇身材有點肥胖，個性恬靜，也沒有出色的外表，兩人都是不太起眼的小女生。作者安排了這樣兩個外表平凡，在團體中不是很顯眼的女孩當作主角，自有其用意，除了要讓讀者了解並非「人人都是白雪公主」的事實外，透過故事中兩位少女的暗戀故事，打破每個人心目中公主與王子、麻雀變鳳凰那樣美麗又虛幻的夢。告訴我們，可以擁有如詩般的幻想，但卻不能忘記現實的人生。

　　除了意圖打破少女對外表、美貌的迷思，進而肯定自我的價值，也要反省少年對追求異性，以貌取人的觀念。青青迷上隔壁彈鋼琴的男孩，她幻想那個男孩一定長得一表人才、斯文而親切迷人，和班上邋遢的男同學林建國八竿子打不上，縱使林建國也彈得一手好琴；小薇的網路之戀，也是因為見到彼此的外貌，無疾而終。而他們以貌取人的結果，就是失去真正認識「一塊寶」的機會。

　　小薇父母離異，和母親一起生活，雖然母親在書中沒有出現過，但從小薇的描述中可以得知母親為養育孩子，負擔家庭生計而外出工作，也因為工作的關係，無法常陪伴小薇、照顧小薇，致使小薇常到自助餐買便當解決三餐。從這裡我們可以看見兩個寫實的情景：一是離婚婦女在外辛苦工作奮鬥的實情，一是單親女兒的自食其力，都是跳脫「女人是弱者」的人物刻畫，表現女性堅強的一面。（紀采婷）

傷心 Cheese Cake

文本論及議題	性別平等教育主要內容項目
V	兩性的成長與發展
	兩性的關係與互動
V	性別角色的學習與突破
V	多元文化社會中的兩性平等
	兩性權益相關議題

作　　　者：管家琪
插　　　畫：小雪
出 版 社：幼獅文化事業股份
　　　　　　有限公司
出版日期：1999 年 6 月
定　　　價：140 元

　　《傷心 Cheese Cake》 是管家琪的少年小說合集，就
如同後記所言，整體呈現比較傷感的基調。一個錯過初
戀的女孩，一個未婚懷孕的女孩，一個差點背叛良心順
手牽羊的女孩，一個邂逅老外的女孩，一個被鎂光燈寵
壞的女孩，一個從集體自殺邊緣覺醒的女孩，一個對夢
中情人幻滅的女孩，一個踏上不歸路、演出 A 片的女孩，
一個單戀咖啡店熟客的女孩……當管家琪筆下的女孩一
一走過，彷彿可以看見那些身影留下的盡是哀愁。

　　閱讀青春年華情竇初開的純純愛戀，那滋味既酸又
甜的，有些故事乍看是心驚肉跳的，牽扯到死亡、性、
偷竊和欺騙等議題，作者不避諱去觸及青春時期可能懵
懵懂懂犯下的錯，或是一些生命中的莫可奈何，雖然沉
重，但這確是真實的人生百態。透過小說，管家琪記錄
了女孩成長過程經歷的種種心情，當社會變遷愈來愈複
雜時，年輕一代所承受的壓力就愈多，即使他們的心理
狀態還沒準備好，一切仍如排山倒海而來。這樣的書之
於女性讀者或許算是一種抒發，雖然不一定與書中人物
有著相同的經歷，但卻總能觸動心底那種似曾相識的感
覺，於是能體會她們的悲喜。

　　作者呈現女孩堅毅、理性的一面，〈大雨中的陌生人〉
則較明顯呈現當女孩徘徊在生、死之間的當下，阻止悲
劇發生的是女孩自己。而在面對感情的失落時，雖然悵
然心傷，終究都會接受事實，不似過去女性總是給人脆
弱的感覺，生命走入低潮時，就陷溺在無法自拔的悲傷
情緒之中，等待旁人伸出救援的手。當女性能夠處理好
負面情緒，靠自己的力量脫困時，女性的名字就不再是
弱者。（張瑞玲）

閣樓裡的祕密

文本論及議題	性別平等教育主要內容項目
	兩性的成長與發展
	兩性的關係與互動
	性別角色的學習與突破
	多元文化社會中的兩性平等
V	兩性權益相關議題

作　　者：松谷美代子
插　　畫：司修
譯　　者：彭懿
出 版 社：小魯文化事業股份
　　　　　有限公司
出版日期：1999 年 7 月
定　　價：210 元

　　《閣樓裡的祕密》　在繪理子最愛的外公交代的遺言下揭起序曲：「 花姬的、書房……」和「 那東西、就交給、你了。交給年輕的一代……」和「 不能燒掉……」，外公的遺言猶如一團迷霧，這團迷霧彷彿藏著巨大不可告人的祕密，於是繪理子找來表姊裕子，一起揭開這個謎底。當裕子來到花姬山莊後，像雪地精靈般的幽靈女孩與半夜往閣樓的紛亂腳步聲，讓在閣樓間發現的德語文件更添上一層神祕的未知感。之後，文件居然被竊，受裕子求援的哥哥直樹趕來山莊，終於讓與外公一同在中國東北哈爾濱經歷戰爭的忠男伯伯，說出了歷史的真相。原來戰爭時他們授命在日本的七三一部隊，對稱爲「丸太」的中國人或白俄人進行殘酷的人體實驗，從此一生背負著極大的痛苦與歷史的包袱……

　　國中生的繪理子與裕子，在原本應年輕不知愁的歲月中無意得知了外公的祕密，一夕之間原本幸福的環境與和藹的外公，全粉碎在殘酷歷史的事實中，讓兩人的心底受到強烈的震撼與變化。而身爲大學生的直樹，雖然也受到不小的震驚，但仍理智盡力地將整個事件做出最好的處理，還原整個事件，並讓它得到公眾的正視。三位年輕人與兩位老年人，在歷史的交接點上，完成了歷史的傳承，就如同作者刻意安排的遺言「交給年輕的一代……」，歷史的真相不能被湮埋遮蓋，而必須讓年輕的一代明白、正視其中的意義。

　　以加害者的角度寫成本書，文中穿插受害女孩幽靈「劉梨花」的懇求：「 不要再燒我們一次……」，說盡了雙方在戰事中所受到的不同折磨，與心底渴望事件落幕以求得心安的那分歷史沉痛。（黃惠婷）

我們的祕魔岩

文本論及議題	性別平等教育主要內容項目
V	兩性的成長與發展
V	兩性的關係與互動
	性別角色的學習與突破
	多元文化社會中的兩性平等
V	兩性權益相關議題

作　　者：李潼
插　　畫：朱正明
出 版 社：圓神出版社有限公
　　　　　司
出版日期：1999 年 12 月

　　《我們的祕魔岩》是以二十世紀的臺灣爲背景，透過國中生阿遠的第一人稱敘述觀點，追溯父親的生死之謎，並透過好友毛毛、歐陽臺生的家世背景，反映了臺灣從1947年至１９８７年白色恐怖的歷史。並且涵蓋 1965 年至1975年，因爲越戰，造成大批美軍來臺的現象。

　　阿遠的父親王名鏡醫師，在白色恐怖時代，因爲社會主義思想而被政府視爲異議分子，遭受政治迫害。由於眾人對王醫師的死皆保持緘默，阿遠懂事後更想知道父親的死是怎麼一回事，而開始一段尋找答案的旅程。

　　毛毛與歐陽臺生身上也反映出歷史的痕跡。毛毛是臺灣人與黑人的混血兒，他嘗試尋找自己的生父，卻一直沒有下落。在那段美軍大量來臺的時期，像毛毛這樣身世的小孩不少，他們的父親不見得知道有這些孩子的存在，也無從問起。

　　歐陽臺生的身世更深刻表現出臺灣在「保密防諜」時期，帶給人們精神上的壓抑與荼毒。臺生的父親精神錯亂，常常懷疑別人是匪諜，還曾把家裡養了七年的狗當作匪諜殺死。歐陽臺生對父親因政治壓力而患精神病雖然沒有過多的想法，然而他喜愛的番薯，可以看作種族融合的符號，他是外省人與客家人的孩子，最後卻像番薯一樣落地生根了。

　　父親到底是已經被槍殺，還是如別人傳說的，在日本有一個新的家庭，阿遠並不知道。能走出父親死亡的陰影，重要的原因爲青梅竹馬樓婷的一番話。她對阿遠說：「他還有很多好朋友，而且有她在，他們可以一齊走很遠的路。」因爲樓婷的鼓勵與朋友的相知相惜，而漸漸對歷史悲劇釋懷，並擺脫過去的歷史傷害，大家也在各自的尋根中，體驗生命可貴的一面以及種族平等的真諦。（陳素琳）

阿罩霧三少爺

文本論及議題	性別平等教育主要內容項目
V	兩性的成長與發展
V	兩性的關係與互動
	性別角色的學習與突破
V	多元文化社會中的兩性平等
V	兩性權益相關議題

作　　　者：李潼
插　　　畫：朱正明
出　版　社：圓神出版社有限公司
出版日期：1999 年 12 月

　　《阿罩霧三少爺》採多元觀點記敘日據時代霧峰林家與林獻堂的事蹟，包括了人、動物和風等角色，除了日據時代記實之嚴肅題材外，也頗有童話的意趣。側重林家婢女婉巧與三少爺的談話，透過婉巧的敘述看到她內心對三少爺的愛慕與階級之間的問題；三少爺的敘述則偏向歷史記實。

　　婉巧從小就與三少爺一起生活，她內心許願要照顧阿琛（林獻堂）及其家人一輩子。她對三少爺的愛著實無法掩飾，不僅曾經與泉州來的丫嬛芳如，暗中為了得到三少爺的青睞而互相猜忌彼此的心意；三少爺娶楊家的水心小姐當日，婉巧還當眾哭了一場。婉巧一直無法認同階級的價值觀，雖然母親一直對她耳提面命，要注意自己的身分與行為，別損三少爺的名聲。可是，她卻不認為丫嬛的名聲就比較不重要，或是就該忍受歧視。

　　從芳如、婉巧的描述中，看到少女內心對性與愛情的渴望。婉巧曾經兩度與阿琛到夫妻樹下去，雖然彼此的情意沒有變成大膽的告白；不過，短暫的肌膚之親與真情的流露，在當時階級意識的壓力下，算是對彼此能作的最恰當的表白。婉巧雖然不願意臣服在階級的價值觀下，但是她依然選擇服從階級的約束，雖然一直都沒有得到阿琛與林家的接納，她也從不放棄堅守她對阿琛的愛。芳如則作了不同於婉巧的抉擇，傳說她與比她小六歲的男人私奔或出家，不論事實如何，她沒有如婉巧一樣，一生執著於三少爺與委身林家。

　　小說以婉巧說的「阿琛啊，阿琛！」作結，把抗日的歷史氛圍導向婢女對男主人的呼求。時代動盪下的兒女，對愛情和幸福的追求與結局，或許多數都不能盡如人意，像婉巧的際遇，就是傳統與階級觀念的遺憾。

（陳素琳）

戲演春帆樓

文本論及議題	性別平等教育主要內容項目
	兩性的成長與發展
	兩性的關係與互動
	性別角色的學習與突破
	多元文化社會中的兩性平等
V	兩性權益相關議題

作　　者：李潼
插　　畫：朱正明
出 版 社：圓神出版社有限公
　　　　　司
出版日期：1999 年 12 月

　　《戲演春帆樓》記敘一群國中生欲藉戲劇重現中日馬關條約的歷史。在追溯歷史的過程中，以 114 歲的太祖嬤的記憶為主軸，向年輕人道出她在抗日時的所見所聞。敘述者也說明雖然太祖嬤的記憶有查證的必要，然而，小眾小民經歷戰爭的經驗與心聲，卻也不容忽視其意義與重要性。

　　太祖嬤總不忘稱自己是三貂嶺出名的美麗姑娘，在她重述 1895 年馬關條約臺灣割讓給日本，臺灣人在北部的抗日事件中，也說出她的戀情。不幸的，她喜愛的人都因為抗日而戰死。她的三個青春夢都埋在同一個沙埔裡，他們不僅相繼戰死，與太祖嬤更到死都不熟識。我們可以想像，像太祖嬤一樣生活在日據時代的少男少女，多數都曾經歷戰爭帶來生命中的苦難與生離死別。愛情在戰亂中依然是存在的，只不過能有圓滿結局的，可能只是少數吧。從太祖嬤的戀愛中，可以看到在日據時代下，願意放棄安逸的生活與甜蜜的愛情，矢志為國抗戰、奮勇犧牲的男女不在少數，兒女私情在以國為重的觀念與決定中，只能是夢了。

　　以新時代國中生的觀點，重新認識臺灣的歷史，透過對馬關條約、清朝割臺和戰爭生活的回顧，青少年們雖然以尋找劇本的靈感與題材為重，然而透過他們對馬關條約的編劇與再現歷史的過程，作品中反省與溯源的寓意極為濃厚。他們以四個改編作為劇本的腳本，這四個版本都對歷史有不同的詮釋與觀點，特別在「貴夫人版」與「劉鴻章版」中，基調都是日本戰敗，日本才是被迫割地的戰敗國。雖然以報復的、好玩的心情為出發點，將日本改為戰敗國，是種偏激的行為，也有違種族平等的原則。然而，中國戰敗，日本求償，以至於割地據臺這都是歷史事實，青少年藉由扭曲、顛覆歷史，表達出對日本軍國主義的抗議與種族平等的期待。

（陳素琳）

藍色的湖水，今天是綠的。

文本論及議題	性別平等教育主要內容項目
V	兩性的成長與發展
V	兩性的關係與互動
	性別角色的學習與突破
V	多元文化社會中的兩性平等
	兩性權益相關議題

作　　者：Jutta Treiber
插　　畫：牟善珺
譯　　者：陳意文
出 版 社：玉山社出版事業股
　　　　　份有限公司
出版日期：1999 年 12 月
定　　價：220 元

　　新生命的誕生是單純而令人喜悅的，然而加上「未婚懷孕」這樣不符合社會道德的字眼時，便成了人們爭議的焦點。隨著時代演進，人們性觀念愈形開放，本書作者即由這樣一個日漸普遍，但仍受爭議的主題出發。

　　理論而言，男女在孕育後代這一項任務上，具有同等的支配力量，但因為「懷孕」的是女性，所以女性總被賦予更多的責任，包括前述的「道德」問題；抉擇之間，已不只是「生」與「不生」的簡單選擇題。因此，提倡女權者，多以為「懷孕」及其後加諸於女性的「母職」，扼殺了女性身為「人」的權利。本書作者也以「殖民」二字來形容女性懷孕的身體，彰顯出女性「懷孕」時被剝奪的權利，剔除了傳統加諸的神聖光環。沒有一般描寫未婚懷孕少女受到環境和輿論壓力的痛苦掙扎，本書重點不在批判這樣的「殖民」與女性的壓力，而著墨更多於女性在懷孕身體變化過程中，所獲得的領悟及實現自我成長，沒有繁複的說理，而是透過主角最愛的湖水顏色變化和一些日常生活事件的描述，自然演出。

　　此外，一如書中所反映的現實人生，既是「現實」，自然不可能盡如人意，摒除一般討論「愛」的小說，所給予的圓滿結局，作者沒有為書中所有問題提供完美解決的方案，反而提出更多問題，讓讀者自行尋找答案。

　　琪哲拉，十七歲，她，懷孕了，改變了她的人生，不過，並不是為了一般少女所憧憬的纏綿愛情。看完本書，跟隨琪哲拉的心路歷程走一段，或許也能改變讀者一些既有的人生觀。（賴素秋）

產婆的小助手

文本論及議題	性別平等教育主要內容項目
	兩性的成長與發展
	兩性的關係與互動
V	性別角色的學習與突破
V	多元文化社會中的兩性平等
V	兩性權益相關議題

作　　者：Karen Cushman
插　　畫：紀朝順
譯　　者：姚文雀
出 版 社：晨星出版有限公司
出版日期：2000 年 2 月
定　　價：160 元

　　故事的背景是中世紀的英國農村，小女主角一貧如洗，她沒有屬於自己的任何東西，沒有自己的尊嚴與定位，習於在糞堆中求得溫飽，大家都叫她「糞金龜」。直到有一天，村子裡幫忙產婦接生的珍發現了她，糞金龜終於有個可以安歇的地方，代價是要當她的小助手。

　　產婆珍知道金龜的聰明，所以處處防著她，不讓她學習接生的相關技術，金龜就無法獨當一面而超越她。但是，珍還是有不能出診的時候，金龜就靠著她的常識和愛心代替珍替村人接生。漸漸的，她靠著自己的努力與旁人的回饋找到自己的定位，也有了自己的名字──艾莉絲，經歷了一些事情後，村人再也不敢嘲笑她了。然而一件意外的發生，使受不了打擊的艾莉絲離開產婆的村子，逃到別的鄉鎮，又回復到沒有名字前欠缺自我的生活。有一天，產婆珍出現在她後來落腳的地方，她聽到珍當初對她的期許，了解到自己欠缺的正是自信，最後帶著自我，又回到了村子，專心當產婆的小助手，再也不離開。

　　此書嚴格來說，是一本歷史小說，背景是中世紀的農村，詳實記錄當時人民的生活情況。當時的婦女身分地位是很低的，受苦都被認為是平常事。就像艾莉絲威脅欺負她的貓的男孩，要讓惡魔把他們變成女人，像女人一樣受苦。然而，同樣身為女性的艾莉絲與產婆，卻不受制於時代的束縛，產婆雖然刻薄寡義，但對她的小助手艾莉絲卻有著異乎常人的期待，要她充滿勇氣與自信；而艾莉絲後來也找到她的人生價值，就是要有一顆充實的心。可以看到作者對女性價值的賦予，超越了時代的限制，也提昇了女性的地位。（胡怡君）

再見天人菊

文本論及議題	性別平等教育主要內容項目
V	兩性的成長與發展
V	兩性的關係與互動
V	性別角色的學習與突破
V	多元文化社會中的兩性平等
	兩性權益相關議題

作　　　者：李潼

插　　　畫：閒雲野鶴

出 版 社：民生報社

出版日期：2000 年 3 月

定　　　價：210 元

　　二十年前定下的約會，會有人記得嗎？身在遙遠的加拿大，會爲了一個少年時期的約定千里迢迢回到臺灣的離島──澎湖嗎？《再見天人菊》說的就是這麼一個故事。一群二十年前生活在澎湖的國中同學，在陶藝老師「姊夫」的教導下經歷過難忘的歲月，並互相約定二十年後再回到陶藝教室相會。

　　故事從同學會開始，敘述中穿插當年的往事，七個少年男女，各有不同的個性與背景，作者將同學相處時可能會產生的誤解、衝突、關心與友誼，諸多青少年的心理一一顯露在故事的細節中。主角陳亦雄的心理歷程是故事的重心，透過他的眼睛來看同學間的相處：個性上愛打抱不平的林賓遇上葉英三的自我保護，引發出不小的衝突；女同學則展現不同的個性，春華能幹、湘貞直率，而「含羞草」罔惜雖然害羞，卻有一股堅毅的力量。學生時期的他們，在陶藝老師「姊夫」的帶領下獲得成長與啓發。年輕的他們當然也有純純的愛戀情感，湘貞對葉英三的照顧與包容、陳亦雄對春華的感情，都是成長時期令人難忘的真摯情感。對兩位老師「姊姊」與「姊夫」之間的感情著墨不多，但是可感覺到在即使無緣的情況下，仍保有相互的尊重。

　　這些年輕人的相處並沒有因性別而產生阻礙，女同學的堅毅與體貼，緩和了男同學間的衝突；男同學的逗趣與活潑帶動著團體的氣氛；使他們能一路扶持，共同成長。學習過程中，亦沒有因爲性別上的差異而給予不同的對待，陶藝課辛苦的篩土、揉土，不論男女都得自己來。捏塑陶土時，男生和女生都能各自發揮創意，表現個人特色。長大後的他們，都能夠發揮所長，陳亦雄當上教授，林賓是自得其樂的公車司機，結爲連理的英三和湘貞努力爲民喉舌，害羞的罔惜開起自助餐館，阿潘當上歌手，而春華上山修行。不論男女皆得到自我的肯定，散發生命的熱能，同時保有當年的友誼，這是最令人感動之處。（陳瀅如）

我想要一個家

文本論及議題	性別平等教育主要內容項目
	兩性的成長與發展
V	兩性的關係與互動
V	性別角色的學習與突破
	多元文化社會中的兩性平等
	兩性權益相關議題

作　　者：Richard F.
　　　　　Miniter
譯　　者：子鳳
出 版 社：維京國際股份有限
　　　　　公司
出版日期：2000 年 3 月
定　　價：280 元

　　這是一個特殊的故事，關於一個特殊的兒童——麥可，由一個特殊的角色敘述的真實故事。

　　本書的作者也就是故事的敘述者李察，最初是最不想要收養麥可的人之一，決定收養麥可，其實是受不了妻子蘇的情緒反應所作的妥協。因此本書並不如一般人根據書名所聯想的，文字之間感人溫馨，充滿母性光輝與無限包容的浪漫派情懷。相反的，書中忠實反應一個平凡家庭被一個特殊兒童進駐後所產生的波瀾起伏。文辭中對麥可所作所為，也有著毫不留情的批評，描寫的家庭生活也完全不是和樂融融，也沒有特殊兒童被溫暖家庭收養後就「從此幸福快樂的生活在一起」的畫面。我們感受到的屋內景象與聲音，必定常常充滿著尖叫、怒吼，地上滿是碎玻璃、物品散落得到處都是，然後有一對看起來年紀稍長的父母親，在一個金髮的小男孩後頭追著，眼裡混雜著氣沖沖與擔憂的神色。

　　李察提供給讀者的是一個想像空間。他以自己作為敘事角度，而非妻子蘇，若是換成蘇來敘述會如何？不是更適合這樣的主題嗎？但李察卻從自己出發，慢慢呈現從一開始不贊成收養計畫，到慢慢被麥可打動，最後竟在妻子忍耐到極限要將麥可從他們家「抽離」時，暗自期望出現一個奇蹟使妻子留下麥可。女性角色對孩子顯現出的慈愛與關懷常被視為理所當然，李察卻用男性角色的敘述，明白清楚的交代了他們所接受的「避風港計畫」，與收養一個這樣的特殊兒童所經歷的種種掙扎與代價。更重要的是，李察以男性為敘述者，描寫在家庭與社會上，男性的纖細情感與關愛特質在不受期盼的情況下，一個男子如何從抗拒接受到漸漸被一個小男孩打動，最後忠於自己內心的情感，熱情地張開雙臂擁抱家中新的一員。

　　李察對自我情感的誠實，使本書在平凡中卻益顯充滿熱情。（楊雅涵）

默　默

文本論及議題	性別平等教育主要內容項目
	兩性的成長與發展
V	兩性的關係與互動
V	性別角色的學習與突破
	多元文化社會中的兩性平等
	兩性權益相關議題

作　　者：Michael Ende
譯　　者：李常傳
出 版 社：遊目族文化事業有
　　　　　限公司
出版日期：2000 年 3 月
定　　價：250 元

　　相信看過《默默》的人都很喜歡這個故事，因為麥克・安迪總是在將故事說得精釆動人的同時，也把道理說給你聽。而奇幻的顛倒小路，「任何地方都沒有的家」和「時間之花」，都是一趟令人想要親身經歷的旅行。

　　小女孩默默，代表的是人性善良和對朋友的忠誠，除了在吉吉的故事中默默是一位公主之外，其實默默的其他表現，都突破了性別的包袱，呈現出自我主體認同的中性性格。她不像是住在城市裡的居民，受到灰色男人的誘惑，迷失了生命中應該關注的焦點。大部分的人們，像酒店的老闆尼諾、理髮店的師傅富傑和吉吉，快速的追趕著時間的腳步，只是不自覺的把眼光放在眼前對自己有利的事物上。今天大部分人的生活，就是如此的寫照。這也是作者想要點出的生命課題。

　　因此，默默所代表的，就不只是侷限於狹隘的性別空間裡面所談論的議題。而是能夠突破我們對性別的刻板印象，以更廣泛的視野來表現人類善良的特性。我們看到默默堅持自己的直覺，秉持對朋友的友善和信賴，並以勇敢的態度來面對代表利益與誘惑的灰色男人而不失本性。她是所有人類心靈純潔的代表，那些和默默在一起的人，都會受到她的影響，無論是小孩、年輕人和成年人、老人或是灰色男人，在她的面前，都能夠自在地放下一切防衛的盔甲，吐露他們的心聲，表現出最善良、和樂與真實的自我。

　　我們在教導孩子看待兩性問題的時候，除了要尊重不同的性別，更重要的是能提升到對「人」的尊重。不分性別，對於有人性的表現都應該鼓勵和讚賞，就像默默一樣，她對待朋友真誠的態度，她面對邪惡誘惑的堅毅與勇敢，就是人性最好的表現。（林詩屏）

我那特異的奶奶

文本論及議題	性別平等教育主要內容項目
	兩性的成長與發展
	兩性的關係與互動
V	性別角色的學習與突破
V	多元文化社會中的兩性平等
	兩性權益相關議題

作　　　者：Richard Peck
譯　　　者：趙映雪
出 版 社：臺灣東方出版社股
　　　　　　份有限公司
出版日期：2000 年 4 月
定　　　價：220 元

　　我有一位 90 歲高齡的外婆，每次見到我總是會先把我罵一頓，警告我要好好用功唸書，不要睡太多，做人要實在。如果我沒回答她「好，我知道！」她一定會舉起雙手做出準備要打我的樣子，可是我知道，她是疼我的，總是高高舉起輕輕放下，再問我吃飽了沒。看完《我那特異的奶奶》後，第一個想起的就是我的外婆。

　　書中奶奶所做的每一件事情，因為作者幽默的寫作筆法，總是會讓人看了哈哈大笑。可是仔細看看奶奶所做的每一件事情，都有她的道理存在，她有能力看清事情，並「處理」好每一件事，並不會因為她是個女人而有所差別。我們也可以看到，奶奶會用槍和划船，面對事情時，是堅強、冷靜和處變不驚的，也有著豐沛的情感。奶奶還是個努力嘗試各項活動的女性，不受年齡和性別的拘束，甚至比孫子還敢於嘗試新鮮的事物，她闖入私人禁地、坐飛機、把死老鼠放進鮮奶中，活潑有勁的行為，深深受到孫子的喜愛。

　　有些人因為奶奶說出了他們醜陋的真相，而不喜歡奶奶，可是當遇到重大的事件，他們第一個還是想到請奶奶出來幫忙。奶奶受人尊重的程度，並不會因為她是男人或女人而有所差別，重要的是她的處事態度公允，突破了性別籓籬，而能得到人們的認同，使她在村裡獲得一席地位。在書中的年代，通常是不允許女性具有太強的個性和能力的，可是書中的奶奶永遠有著自己的堅持，清楚自己在做什麼，不隨意相信村裡流傳的任何謠言，而是依據事實來判斷，充滿自信，也因此更令其他人折服，相信奶奶能給予他們許多幫助。（林詩屏）

地板下的舊懷錶

文本論及議題	性別平等教育主要內容項目
V	兩性的成長與發展
V	兩性的關係與互動
V	性別角色的學習與突破
	多元文化社會中的兩性平等
	兩性權益相關議題

作　　者：Kit Pearson
譯　　者：鄒嘉容
出 版 社：臺灣東方出版社股
　　　　　份有限公司
出版日期：2000 年 7 月
定　　價：240 元

　　派翠西亞是個內向害羞的小女孩，和身為名主播的媽媽因為個性上的差異，感情一直很疏離；而與派翠西亞較親近的爸爸，也即將和媽媽分居。這個暑假，派翠西亞獨自一人到阿姨家去度假，她沉重的心情和不知如何與人相處的個性，讓表弟妹以為她是高傲孤僻的，導致一連串的誤會和衝突陸續發生。而她在偶然中發現了一只舊懷錶，帶領她回到三十五年前，看到母親小時候的內心世界，因為多了這一分了解，造就母女合好的機會，也間接開啟派翠西亞內向的心門。

　　在女性主義風潮的推動下，許多女性不但投入職場工作，而且還有非常亮麗的表現。她們不再只因為美貌而受到肯定，更重要的是她們所具有的專業能力，派翠西亞的媽媽露絲就是一個很標準的例子。露絲小時候的年代，女孩子被要求要擁有乖巧溫順的性格，大人對他們的期許是長大能夠嫁個好丈夫，多生幾個小孩。可是露絲從小優異的表現：和哥哥打羽毛球，贏了哥哥；能獨自划船……卻不受父母讚許，幸運的是，當露絲長大後，社會已能接受她在新聞專業上的表現，使她成為知名的主播，肯定她一直以來付出的努力。

　　而不知如何與人分享內心想法的派翠西亞，因為不像表弟妹那般熱愛戶外活動，一直無法和表弟妹自在相處，直到發現舊懷錶，模仿露絲划船的動作，讓自己學會划船。並在表弟發生意外，大人忙著送他就醫時，冷靜地安排家中事務，安撫哭鬧的小嬰兒，指揮其他孩子為焦急的大人準備晚餐，充分顯露堅強的一面，使表弟妹有依靠的對象，也改善了彼此的關係。

　　在重視兩性平等教育的今天，除了強調自我主體意識的覺醒，重要的是學習對彼此的尊重，在婚姻的兩性關係中更是如此。男女雙方若真的無法生活在一起時，學會為對方設想，尊重對方的選擇，也是一項重要的課題，也不致帶給子女無法平復的傷害。（林詩屏）

淡藍氣泡

文本論及議題	性別平等教育主要內容項目
V	兩性的成長與發展
V	兩性的關係與互動
	性別角色的學習與突破
V	多元文化社會中的兩性平等
	兩性權益相關議題

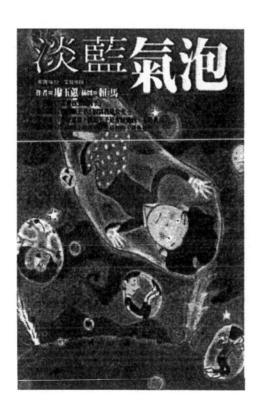

作　　者：廖玉蕙
插　　畫：賴馬
出 版 社：幼獅文化事業股份
　　　　　有限公司
出版日期：2000 年 8 月
定　　價：180 元

　　《淡藍氣泡》由 15 篇青少年成長故事串連而成，以青少年常遭遇的問題為主題：多愁善感、心神不定，例如章采藍為綽號煩惱、時安和君藍為青春痘煩惱、晨藍懷疑媽媽偷看日記。少年情事也常是他們煩惱的重心，書中對於網路情、對同性之間情誼的困惑，或是覥腆的暗戀心事，都由一篇篇精彩的故事陳述出來。故事也凸顯現今青少年的社會問題，如未婚懷孕、受虐問題等。另外，還有對於人生深層問題的探討，如死亡，皆可見作者讓青少年接觸真實人生的用意。

　　每一篇故事都與書名《淡藍氣泡》相關——主角名字為不同的「藍」；篇名具有不同的「藍」色意義——都是屬於青少年青澀的、淡「blue」的青春心事。而這些可大可小的憂鬱心事，當有驚無險的走過之後，再回頭看，會發現這些淡藍氣泡，在生命歷程中，不過是一顆顆晶瑩剔透、生命的美麗痕跡罷了。

　　值得注意的是，對於少年「情」事的描寫，提到了同性戀的敏感問題。現今世俗眼光，仍舊以有色眼鏡看待非異性之間的愛情，使得同性之間的情感頗為艱辛。〈因敏的迷惘〉一文，賴因敏是家中獨生女，父母忙於工作，無暇管教她，把她送進「比較不會太早有男女感情困擾」的女校裡。因敏因為自卑及個性敏感羞澀，而把自己封閉起來，直到活潑開朗的何素方主動的付出關心，她才漸漸踏出自縛的窠臼。從此以後，她漸漸依賴素方，對素方產生了她自己也不清楚若有似無的愛情。因為周遭的流言蜚語，使得敏感的因敏決定忍痛和素方保持距離，也差點失去這段難得的友情。結局的處理不對同性戀做出負面的評價，也沒過當的正面鼓勵，給處理類似的題材一個不錯的示範作用。(胡怡君)

回家的路

文本論及議題	性別平等教育主要內容項目
V	兩性的成長與發展
V	兩性的關係與互動
V	性別角色的學習與突破
	多元文化社會中的兩性平等
	兩性權益相關議題

作　　者：Betsy Byars
插　　畫：古秀慧
譯　　者：馬祥文
出 版 社：臺灣東方出版社股份
　　　　　有限公司
出版日期：2000 年 9 月
定　　價：200 元

　　哈威、凱莉和湯瑪斯傑三人，各因為原生家庭發生不同的問題，而被社工人員送進寄養家庭暫住，得等到原生家庭的問題解決後才能回家。在寄養家庭梅森夫婦的愛心感動下，湯瑪斯傑逐漸學會表達自己內心的愛，凱莉也慢慢學習信任他人及自己，不再隨時語帶嘲諷或尖酸刻薄，發揮自己喜愛照顧他人的特質，幫助遭受嚴重心靈打擊的哈威重新接受自己、再次站起來活出生命的光彩。

　　閱讀完《回家的路》一書，讀者最忘不了的角色，大概是從頭到尾嘰嘰喳喳講個不停的凱莉吧。由於她太過自我保護，極力與他人畫清界線、保持安全距離，所以言談中不斷地反擊、諷刺、挑釁和愚弄周遭的人。不過，哈威和湯瑪斯傑也幸虧和凱莉同住，才得以走出自己的困境。哈威，這個兩腳行動不便的病人，挑起了凱莉對於醫療照護的興趣：她幫忙梅森太太照顧哈威，主動找哈威說話，在哈威父親來訪時當他的支柱，推他到圖書館找資料，不斷想方法逗哈威開心。最後也多虧她想到送哈威小狗這個點子，才幫這個打算自我放棄的病人找回生命的愉悅。

　　凱莉的大姊頭個性、想到什麼做什麼的行事方法，促使湯瑪斯傑提早演練他才剛學會不久的「本領」──對他人表達自己的感受和關心。當哈威住進醫院，沮喪地想放棄醫治自己生命的時候，凱莉要求湯瑪斯傑一同前去逗哈威開心，讓他重懷希望；可是即使面對養育自己多年的本森雙胞胎奶奶都說不出半句安慰話的湯瑪斯傑，也知道自己「不太會做這種事」。不過，最後還是成功了。凱莉的成長，雖然得助於一旁默默給予支持、給予信心的梅森太太，但她的主動和豐沛感情，卻幫助了身邊的兩位男孩，使他們三人不再是彼此毫不相關、不能掌控自己命運的「彈珠」（原文書名）。這樣的角色設計，有助於提升小說中女性的形象，並能呈現女性主體價值。（李晼琪）

屋頂上的小孩

文本論及議題	性別平等教育主要內容項目
	兩性的成長與發展
V	兩性的關係與互動
	性別角色的學習與突破
	多元文化社會中的兩性平等
V	兩性權益相關議題

作　　者：Audrey Couloumbis
譯　　者：劉清彥
出 版 社：三之三文化事業股份
　　　　　有限公司
出版日期：2000 年 9 月
定　　價：280 元

死亡，曾經是童書中的禁忌話題，卻是人生中不得不觸碰的悲劇，因此探討死亡的童書在最近幾年有愈來愈多的趨勢。

《屋頂上的小孩》敘述十二歲的薇拉和患有「失語症」的小妹在寶寶死後搬到派蒂姨媽家中，某天清晨，薇拉和小妹爬到姨媽家的屋頂上，憶起寶寶死後發生的一些事，回想著寶寶死去的經過。傷痛就在屋頂上的回憶、伴隨著姨媽和姨丈的懇談，漸漸獲得復原的機會，小妹也終於開口說話了。

書中的主要人物，除了霍伯姨丈外，多為女性。主角薇拉對於寶寶的死亡感到傷心，但她是家中最堅強的一個，當悲痛、自責的媽媽沈浸於幻想寶寶在天堂生活的種種樣貌，無法正常生活時，薇拉和派蒂姨媽一同負起支撐這個家的責任。雖然百般不願，薇拉心中還是希望到派蒂姨媽家中小住，讓媽媽能恢復正常的生活，展現出她的成熟懂事。因為恐懼而失去說話能力的小妹，扮演著善良、細心的角色，她的失語反映出對於死亡的恐懼，然而，對金龜子的愛心、聆聽鄰居小男孩的耐心與細心，都在不需言語的情況下被深刻地描繪出來，最後小妹在屋頂上的一句：「這樣比較親近寶寶。」道出擺脫傷痛的關鍵。派蒂姨媽做事獨斷獨行，但是她的一切作為全出自於對親人的愛，期望幫助薇拉一家人盡快度過難關，而願意放下堅持，爬到屋頂上與薇拉姊妹解開心結。媽媽的角色則表現了一位單親母親在工作上、生活上的獨立與艱苦。文字上對霍伯姨丈的描述雖然不多，卻占了關鍵性的地位，由於他的幽默與睿智，才能化解薇拉姊妹在屋頂上的尷尬，也同時幫助派蒂姨媽與孩子們說出心裡的話，替傷痛找到出路。

作者以生活中的事件細膩地呈現出女性心理，尤其在於兒童面對死亡的情感描繪，更是讓讀者感同身受。不論是從死亡教育或是女性及兒童心理來看，都是一部值得推荐的作品。（陳瀅如）

親愛的卡塔琳娜

文本論及議題	性別平等教育主要內容項目
	兩性的成長與發展
	兩性的關係與互動
V	性別角色的學習與突破
	多元文化社會中的兩性平等
V	兩性權益相關議題

作　　者：Kathryn Winter
譯　　者：鄭文琦
出 版 社：維京國際股份有限
　　　　　公司
出版日期：2000 年 9 月
定　　價：280 元

　　戰爭裡的兒童一直是兒童文學關注的焦點之一。戰爭不但帶給孩童生命的威脅，也意味著處於戰火中的孩子的童年，無法避免地被剝奪而提早成熟。本書透過一個在二次大戰戰火中倖存的小女孩的眼睛，看戰爭的殘酷、世界的無奈、和錯誤偏執的納粹思想、也看見許多優秀女性的堅強。

　　小女孩卡塔琳娜可以活到戰爭結束，長大成人，靠著許多人的幫助、犧牲和努力。書中對於女性的積極形象描述，遠超過許多男性角色。

　　為卡塔琳娜犧牲生命的蓮娜阿姨，也是影響她最深的人，即使處於戰爭中，蓮娜阿姨仍極力使卡塔琳娜免於精神上的威脅，她與小女孩躺在草中，安靜的玩指頭遊戲；堅持在躲藏時，如廁仍需維持僅有的尊嚴。直到情勢太過緊張，安全考量而必須冒著生命危險辦理假護照之前，蓮娜阿姨和姨丈都盡力隱瞞壞消息，並做好最壞的打算，將卡塔琳娜安置在一處農家中才離去。

　　傭人瑪麗西卡和安卡，在戰爭中展現了超越工作本分的勇氣，對孩子的關愛與仁慈，超越對自身安危的顧慮。瑪麗西卡背著村人放走卡塔琳娜，因為她知道即使必須違背命令、危及自己的生命，她也無法作出害死無辜小孩的事情。曾在卡塔琳娜家擔任女傭的安卡，雖然早已不再是受雇的員工了，卻在小女孩向她求救時，伸出了援手。而孤兒院裡的瑪拉修女，更在納粹的監視下，收留與照顧一個猶太女孩長達數月。這些女性表現出的勇氣，一點都不比男性遜色！

　　對納粹迫害猶太人的行為，本書也提出強烈的控訴。卡塔琳娜是一個不知道自己為什麼算是猶太人的小女孩，她背天主教的教義問答，熟知各個使徒故事，卻不太理解猶太教，然而她卻是納粹追逐、企圖滅絕的對象。最後，卡塔琳娜回到家鄉看到的只有被摧毀的村莊和一位以前的老師。這本融合作者個人經歷的小說，充滿了對那些堅強女性的讚揚，和對納粹行為最深沉的批判。(楊雅涵)

把愛說出來

文本論及議題	性別平等教育主要內容項目
V	兩性的成長與發展
V	兩性的關係與互動
	性別角色的學習與突破
	多元文化社會中的兩性平等
V	兩性權益相關議題

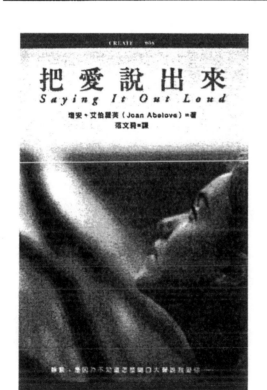

作　　者：Joan Abelove
譯　　者：范文莉
出 版 社：維京國際股份有限
　　　　　公司
出版日期：2000 年 10 月
定　　價：220 元

　　這是一個關於生與死的故事，少女敏蒂面對即將失去媽媽、失去媽媽後的心情起伏和周遭的人事所帶來的種種問題。從媽媽開始不舒服，到檢驗出患有腦瘤、住院、動手術，最後因為腫瘤惡化而去世。在此之前，敏蒂似乎從來沒有發現媽媽的重要。直到將要失去媽媽的恐懼襲來，才使敏蒂從濃霧中看清自己與媽媽的關係。原來她一直都很愛媽媽，也很依賴媽媽的幽默、溫柔與付出，面臨抉擇的時候也十分需要媽媽的意見，但是死亡即將要奪走敏蒂的支柱，一同看著媽媽遠走的爸爸，卻沒有辦法為敏蒂撐住原本由媽媽為她撐著的天空。

　　友情適時地照亮和填補敏蒂破了洞的心靈。吉兒是敏蒂從小的同性好友，自然是她第一個想要傾訴心事的對象。巴比雖然是敏蒂的新朋友，卻像一見如故的老朋友般令人心安。巴比和敏蒂之間的感情，是單純而濃厚的友情，即使是身體上的接觸和擁抱，也超越了情愛的疆界，讓兩人的心靈無需言語便能貼近彼此。敏蒂看完電影「萬夫莫敵」時，感動得淚流不止，巴比輕輕拍著她的手，然後敏蒂看看坐在身旁的好友吉兒，發現她也在哭，便伸出自己的手摸摸吉兒的手。互相碰觸與傳輸流動的溫暖，可以止住淚水。當真誠對待的人們互相接觸，無須密碼，自然能心意相通。就像敏蒂在媽媽的告別式進行中離開，和吉兒與巴比走在雪夜中，以捏手來告訴他們「我愛你們」一樣。

　　兩性之間，重要的是真誠平等對待，不一定關於愛情。巴比、敏蒂和吉兒讓我們看見朋友間的彼此依賴、信任與支持。互相扶持的力量，強大到可以抵禦失去至親的悲傷、填補無法與家人溝通的遺憾和發現迎向光明未來的信仰。而這種力量之珍貴，在於它必須先吸取來自彼此的信任與力量，在彼此都願意先付出的條件下，才能匯聚成為回報到自身、支持彼此的強大力量。

（楊雅涵）

湯姆叔叔的小屋

文本論及議題	性別平等教育主要內容項目
	兩性的成長與發展
	兩性的關係與互動
	性別角色的學習與突破
V	多元文化社會中的兩性平等
V	兩性權益相關議題

作　　者：Harriet B.Stowe
譯　　者：梁祥美
出 版 社：志文出版社
出版日期：2000 年 11 月
定　　價：220 元

在標榜自由平等的美國，奴隸制度就像一朵灰暗的烏雲，籠罩在南方的歷史上。曾經有無數的黑奴為了追求自由而喪命，用鮮血澆灌出世世代代子孫的人權。

過去，黑人從非洲被買賣進新大陸，如牛馬般被隨意使喚，如果不服從主人，或膽敢偷懶，立刻被殘忍地鞭打。如果不幸生病或受傷，主人立刻棄之不顧，任其自生自滅，「人權」對他們而言，是奢侈的辭彙。女性黑奴比男性黑奴受到更多非人道的傷害，除勞力工作外，還常被迫提供性服務，充當男主人床笫間的玩物，身心皆受創。有些主人甚至把他們當成繁殖機器，安排他們受孕懷胎，生下的小黑奴又是可獲利的貨品。黑奴們在這樣惡劣的環境下掙扎求生，如非親眼目睹，很難相信同是人類的白人主子會如此殘害奴僕。

作者史托夫人以主角湯姆的遭遇為主線，勾勒出當時白人社會對黑奴的不同態度：有人十分殘酷，有人則堅決反對蓄奴，有些白人雖然同情黑奴，卻無力反抗制度。人生而平等，不因膚色有歧異，是本書主要訴求；同樣的，也不應該因為性別的不同而產生差別待遇，只要是人類，都應享有平等的權利，擔負同樣的義務。

更深一層來看，本書也暗暗期望人們敏於覺知社會上的不平等制度或風氣，勇於站出來破除不平等，不再安於當個既得利益者，無視於不平等事件一再重演。就算憑著一己之力無法對抗龐大的政治組織運作，但從自身做起，涓涓細流有天也會積聚為巨大力量，就像那些協助黑奴逃亡的白人，本是私下行動，但他們的行為逐漸喚醒人心，即使在南方也引起許多反對蓄奴的聲音。人類的平等共處需要每個人的自覺，一步步破除不平等之後，真正的種族、性別及各方面的平等才會來臨。

（胡芳慈）

青春跌入了迷宮

文本論及議題	性別平等教育主要內容項目
V	兩性的成長與發展
V	兩性的關係與互動
V	性別角色的學習與突破
V	多元文化社會中的兩性平等
V	兩性權益相關議題

作　　者：林峻楓
出 版 社：富春文化事業股份
　　　　　有限公司
出版日期：2000 年 12 月
定　　價：150 元

　　《青春跌入了迷宮》企圖探討青少年在成長過程中產生的性別迷思，並從中反思親子關係、友誼和愛情。

　　主角子蘭的母親自從生下她後，一直鬱鬱寡歡，因為生女兒並不是她所期待的，她長期受到內心的自責，而這樣的自責來自於傳統父權文化作祟，糟糕的是，母親在無形中將自責遷怒到女兒身上，造成家庭問題。因為母親的關係，子蘭從小在髮型和穿著上都像個男孩，這讓她對性別認同產生迷惘。事實上，青春期的孩子有類似的困擾和壓力，是正常的現象，只要能適當予以輔導，建立正確的觀念，通常這種壓力和困擾都能克服。

　　另一方面，本書亦處理了「同性戀」的議題，男主角羅貫明大方地向子蘭父女告白他的同性戀身分，並且說明是母親的基因遺傳，身為精神科醫師的父親在體諒妻子的掙扎後，幫助她克服心理因素，讓她另謀對象。對兒子的性向，他也坦然接受。當無助的子蘭和父親前來求助，他告訴迷惑的子蘭：「每個人對自己性別有自我知覺，而性別認同是由體格、性器官、文化與雙親的態度和期待等因素共同決定的。影響性別認同有三個因素——基因的遺傳、性生理的發育以及心理的發展。」其實這一番話，也等於為讀者上了一課。對於同性戀，大家或許多少有些迷思，書中這段話也許可以作為解釋和說明：「沒有一種戀情行為能下一個完美及完全的定義，事實上都是一種愛人的模式，只是對象不同而已。」

　　《青春跌入了迷宮》一書針對兩性交往或同性相戀的主題，用心探究其內涵，主張以開闊的心尊重、看待每個人的性別傾向，而非歧視或輕蔑，對於處於青春期困惑不安的青少年而言，有正面而健康的引導。

　　（張淑惠）

二哥情事

文本論及議題	性別平等教育主要內容項目
V	兩性的成長與發展
V	兩性的關係與互動
	性別角色的學習與突破
V	多元文化社會中的兩性平等
	兩性權益相關議題

作　　者：可白
插　　畫：王福鈞
出　版　社：小兵出版社
出版日期：2001 年 1 月
定　　價：250 元

　　情竇初開的少男少女對異性易產生強烈的興趣，很多孩子因暗戀某人而為情所苦，小兵出版社近來出版一系列探討青少年情感世界的少年小說，《二哥情事》就是其中一部幽默而有趣的「愛情小說」，藉由一個國一女生的觀察，娓娓道出「二哥的情事」。就她所言，二哥極有女生緣，愛慕者不少，但其中只有小倩積極行動；小倩是二哥的小學同學，出色漂亮、活潑大方，勇於表示對二哥的愛意，二哥卻總是漫不經心，沒人知道他心中的真正想法。

　　小倩積極主動，勇於追求自己所愛，不同於傳統女性「矜持」和「含蓄」的形象，為表達自己對二哥的愛意，小倩常常打電話、寫情書和送禮物給二哥，忠於自己的想法。愛情的國度裡，女性不再只是扮演等待白馬王子出現的角色，他們有自己選擇的權力，即使結果未必能如願，至少在感情的道路上，曾經付出過、曾經爭取過。除了小倩，二哥生活周遭還有其他不同典型的女生，例如身材凹凸有致，吸引眾人目光的大波和溫柔優雅，聰明大方的鍾湘婷等；沒有所謂的誰好誰壞，誰是「狗屎」、誰是「鮮花」，作者隱約透露，主動爭取愛情的女孩，不見得就是愛情的失敗者；品學兼優的人，也不一定是愛情的勝利軍。全文只鋪陳事實，不作評斷，一切由讀者自行思考。

　　這部探討兩性交往的少年小說，透過不同情節的切換，提出不少情感的問題，例如：國中生可否談戀愛？喜歡一個人，是否要說出來？情侶吵架、婚姻暴力和婚前性行為等問題。作者更在書頁留白處附加「問題」，引導讀者思考，頗為用心。全文使用不少與當代青少年的用語契合的文字，傳達出作者期待和讀者對話的最終目的，是本書的可貴之處。(陳毓華)

來自無人地帶的明信片

文本論及議題	性別平等教育主要內容項目
	兩性的成長與發展
	兩性的關係與互動
	性別角色的學習與突破
	多元文化社會中的兩性平等
V	兩性權益相關議題

作　　者：Adian Chambers
譯　　者：陳佳琳
出 版 社：小知堂文化事業有
　　　　　限公司
出版日期：2001 年 1 月
定　　價：320 元

　　英國少年賈克代替祖母到荷蘭，探訪他以之為名，在二次世界大戰中身亡的祖父之墓，以及曾經照顧祖父的荷蘭友人；這趟旅程可說是一個將記憶連結遞嬗的儀式，也是賈克尋找自我的過程。故事分為兩個主軸，一是賈克在荷蘭的經歷，二是曾經照顧賈克祖父的老婦人潔楚，描述少女時期的戰爭回憶，並表白她與祖父賈克曾有的戀情；兩線在賈克探視癌症末期的潔楚後漸漸融合，回到當下，賦予賈克成長動力。

　　如同錢伯斯以往的作品，賈克是個愛好思考、愛好閱讀，急欲尋求自我成長的青少年，作者在書中延續探討他急切觀照的兩個成長母題：愛與死亡。將死亡的思考延伸至歐洲歷史中影響深遠的二次世界大戰，也藉潔楚老年的病痛探討安樂死的議題；死亡的逼近，迫使人們回頭思考生命，於此作者探討的是「愛」：有親情、友情，有上一代的愛情和當下的悸動，當然也有錢伯斯一貫的主題：同性愛情和愛的有無限度。

　　錢伯斯總是溫柔觀照書中的女性角色，給予女性睿智、聰明而性感的形象。本書中，女性敘事成了主軸之一，潔楚少女時代的回憶，以女性角度思考戰爭，也寫出戰時少女的愛戀掙扎。賈克在城市中認識的老太太艾瑪，隱然連結到在儀式中認識的荷蘭少女席妮，聰慧而讓賈克感到久識；而猶太少女安妮‧法蘭克更是賈克的最愛，也是本書許多睿智對話的開始；錢伯斯嘗試呈現出積極的年長女性角色，這也是他明言將努力的方向。

　　深入而精采的同志議題，也是錢伯斯作品的精髓。本書並沒有深入地描繪同性愛情的互動，或說這並非此書的重點，他要抓住的是那分氛圍，那對自我誠實，對生命寬容，那分沒有社會制度、沒有性別差異和沒有限度的愛。

　　錢伯斯睿智的筆鋒讓書中蘊含著許多意義，而閱讀的樂趣就在這裡。此書無非是本極佳的成長小說，講述的不僅是生命的青春階段，更是生命本身。（盧貞穎）

山月桂

文本論及議題	性別平等教育主要內容項目
	兩性的成長與發展
V	兩性的關係與互動
	性別角色的學習與突破
V	多元文化社會中的兩性平等
V	兩性權益相關議題

作　　者：Rachel Field
譯　　者：劉蘊芳
出 版 社：臺灣東方出版社股
　　　　　份有限公司
出版日期：2001 年 2 月
定　　價：140 元

　　作者瑞雪爾・菲爾德是美國著名的兒童文學作家，其作品屢獲好評：《希蒂一百歲》得到紐伯瑞金牌獎，而《山月桂》則是得到紐伯瑞銀牌獎的肯定。《山月桂》描述一個法國女孩在失去親人後，離開法國到一個英國家庭幫傭，並隨著這家人到美國拓荒的故事。

　　受過良好教育的瑪格麗特雖然變成小女僕，卻沒有自怨自艾，時時提醒自己千萬別忘了法國文化。在新環境中她努力認真地做好主人交代的工作，憑著她的智慧和勇氣，為薩吉特一家人解決許多困難，得到大家的尊重和信賴。在許多驚險事件發生時，她總是一馬當先地盡力幫忙，令周遭的人不得不佩服她的膽量和聰穎。

　　依照當時的習慣，瑪格麗特的命運掌握在薩吉特一家人手中，無法自行決定未來去留；然而經過朝夕相處之後，她不但將原本的主僕上下關係轉變成家人關係，更重拾掌握自己命運的機會。新環境除了讓瑪格麗特找到了新朋友外，也讓她有機會顯露機智，順利將危機化為轉機，慢慢得到主人一家人的友誼。小孩們的依賴、凱利柏的轉變、艾拉和艾比的友善以及黑普莎姑媽等其他長輩的關愛，讓她得到了心靈上的歸屬感。所以當喬伊要放她回法國時，她反而自願留在需要她的人身邊。至於祖國的根，不論她身在何處，早已深植她心中，難以抹去；她的努力不只改變自己未來的命運，也重寫旁人對法國人的刻板印象。

　　故事中其他女性也都表現出了刻苦積極的態度：女主人達莉，在丈夫受傷時，展現出冷靜行事的一面；黑普莎姑媽則是海域諸島年齡最大也最風趣的人，充滿智慧，總替大家解決疑難雜症，和瑪格麗特建立深刻的情誼。本書沒有令人咬牙切齒的壞人，沒有壞人陷害好人的情節，但人物刻畫和情節鋪陳在作者用心描繪下，活靈活現，溫馨感人。（陳毓華）

少女與鬱金香

文本論及議題	性別平等教育主要內容項目
V	兩性的成長與發展
V	兩性的關係與互動
V	性別角色的學習與突破
	多元文化社會中的兩性平等
V	兩性權益相關議題

作　　者：Gregory Maguire

譯　　者：韓宜辰

出 版 社：商周出版社有限公司

出版日期：2001 年 3 月

定　　價：250 元

　　人的命運好壞，是否與外貌成正比？長相美麗，就可以有美好的人生嗎？取材自耳熟能詳的童話故事灰姑娘，主角卻不是灰姑娘，而是灰姑娘的醜姊姊——艾蕾絲，由她來講述故事。故事中，灰姑娘的兩位姊姊長相平庸，心地善良，不同於一般人對外貌與個性的刻板聯想——醜陋的外表等於醜惡的心腸。

　　灰姑娘克拉拉雖然美麗，卻不任人使喚，她有自己的脾氣，會說刻薄的話，之所以留在廚房工作，除了服從繼母的命令外，主要是想掩藏自己，過自由的生活。克拉拉討厭別人讚賞她的美麗，不想嫁給王子，最後會嫁入皇室，也不是因為愛，純粹只是想遠離家園。她和王子沒有「從此過著幸福快樂的日子」，沒多久王子就病逝了，克拉拉的美麗如落花凋謝，在極度苦悶中死於心臟病。

　　克拉拉一生都不快樂，從小因為外貌的美麗，受到眾人的讚賞與覬覦；有人想獨占她，有人利用她的美貌獲利，就連王子也是因為外表而愛上她。克拉拉雖不以美貌為傲，甚至將之深深藏起，卻終身受其所害。故事中「從此過著幸福快樂的日子」的人，大概只有艾蕾絲弱智的姊姊吧。

　　艾蕾絲的母親是個可恨又可憐的角色，她知道自己的女兒長相平庸，但是為了讓女兒過好日子，費盡心思謀取財富，甚至不惜毒殺克拉拉的生母，還一心一意希望讓艾蕾絲嫁給王子。她心中對美麗充滿疑惑，不屑世俗對美的評價，認為善意及偉大的舉動才是真正的美。丈夫死後，她為了生存所表現出來的生命韌度，在在表現出女人堅強的一面，但因為她的手段不合道德標準，而不見容於社會。

　　《少女與鬱金香》沒有童話故事最後快樂幸福的結局，也沒有絕對的美麗，沒有全然的醜惡，呈現出顛覆的童話和現實無常的人生。（胡芳慈）

我不再沉默

文本論及議題	性別平等教育主要內容項目
V	兩性的成長與發展
V	兩性的關係與互動
	性別角色的學習與突破
	多元文化社會中的兩性平等
V	兩性權益相關議題

作　　者：Laurie Halse Anderson
譯　　者：陳塵、胡文玲
出 版 社：維京國際股份有限公司
出版日期：2001 年 4 月
定　　價：240 元

　　這是一本帶懸疑色彩的寫實小說。你知道一定有事情發生了，可是主角卻那麼逆來順受地接受被別人排擠、被老師盯上和被朋友背棄的命運。你不禁有些懷疑主角受到的不公平待遇，到底是由何而來？

　　第一人稱的敘述者兼主角米蘭達，感覺十分的敏銳，敘述語氣又很幽默辛辣，生動活潑地描寫出現代美國中學生活：從早上搭乘校車、進入校園，到遇見不同的老師、舊同學和新同學。米蘭達觀察入微，用詞準確，無論對老師或同學，都能精確又毫不掩飾地描寫出自己對他們的觀感。即使對最喜歡的老師福利曼先生，她也毫不寬容地寫到「福利曼先生長得超醜，身材像隻大蚱蜢，很像從馬戲團來的，他的鼻子扁扁瘦瘦的，就像一張信用卡卡在兩個眼睛中間，當我們走過教室的時候，他對我們微笑。」

　　福利曼先生扮演的角色，引導米蘭達從幽暗的隧道走向光明，雖然邋遢不修邊幅，卻是真正關心學生心靈與內心感受的好老師，對米蘭達的情況十分敏感與關切。他就像出現在書中的偵探，想要和讀者一起發現米蘭達隱藏的痛苦祕密，並希望能適時地幫助她。

　　本書企圖透過描寫米蘭達的情緒、每天遭遇的事物，探討一個嚴重的議題：「青少年兩性之間『性與暴力』的問題。」造成米蘭達的乖戾、米蘭達與團體疏離的真正原因是：國中畢業那個暑假的一場約會強暴。進入新環境後，怕被團體孤立的米蘭達選擇沉默、不抗辯和遺忘，漸漸地使那段回憶被抹除，卻無法使自己的行為舉止融入其他的同學當中。然而那件創傷造成的心理傷害，米蘭達必須自己願意承認發生過的事件，才有可能癒合，逃避和否認只會讓她更痛苦。於是米蘭達在最需要同儕團體的青少年時期，選擇了「說出來」的方式，試圖警告其他女孩，同時也將自己拉出黑暗的角落。米蘭達的挺身而出，得到許多原本不敢說出同樣遭遇的女孩的共鳴，她的勇氣與承受痛苦的堅忍，也贏得同學們讚賞的眼光與友情。（楊雅涵）

秘密花園

文本論及議題	性別平等教育主要內容項目
V	兩性的成長與發展
V	兩性的關係與互動
V	性別角色的學習與突破
V	多元文化社會中的兩性平等
	兩性權益相關議題

作　　者：Frances Hodgson
　　　　　 Burnett
譯　　者：柔之
出 版 社：小知堂文化事業有
　　　　　 限公司
出版日期：2001 年 5 月
定　　價：250 元

　　瑪莉因為父母在印度不幸染上霍亂去世，而被送到姑父克雷文先生家。在那裡她先後認識了親近小動物的迪肯和長期臥病在床的柯林，並且發現了封閉已久的祕密花園，這個花園改變了瑪莉和柯林原本驕縱的性格，也改善了姑父和兒子的關係。

　　走出主角都是好孩子的模式，瑪莉是一個古怪的小孩，但她就是故事中的「祕密花園」，潛藏著美麗。雖然倔強任性，但只要她決定做的事情，一定全心全意去完成。傳統的禮教束縛，讓許多童年的冒險故事只侷限男孩身邊，而《祕密花園》突破了這個格局，為女孩開創另一個新天地。作者為瑪莉安排一連串刺激懸疑的冒險活動，讓她開始探索圍繞在身邊的祕密：莊園內，一百間上鎖的房間，關閉十年的祕密花園以及半夜迴廊上的哭聲等。所以瑪莉才會對柯林說：「多古怪的房子啊！每件事都是一個祕密。房間都鎖起來了，花園也鎖起來了……還有你！你也被鎖起來了嗎？」

　　新環境造就的新生活改變了瑪莉，過去，她習慣一切事情有僕人代勞，自己什麼都不用做；現在，卻必須自己穿衣穿鞋、自己撿起掉落的物品。以前她只對自己感興趣，現在心思全放在周遭的人事物；祕密花園是瑪莉專屬的私人空間，她卻願意打開心胸和迪肯、柯林分享，不再是那個自以為是的小孩。她變得有禮貌，可愛善良，不再自負、傲慢。而被眾人寵壞的柯林，原本像個小王爺般只會指使別人做事，瑪莉的出現和花園的甦醒，慢慢使柯林轉變態度，並奇蹟似地恢復身體健康。

　　作者對人物的心理描寫，深入而細膩，瑪莉和柯林的成長，讓讀者看到一個小孩從自以為是到開朗善良的轉變過程。文字充滿詩意和詩趣，在作者精心設計下，洋溢著人與人之間真摯的「暖意」，不愧是兒童文學的經典之作。（陳毓華）

我的媽媽是精靈

文本論及議題	性別平等教育主要內容項目
V	兩性的成長與發展
V	兩性的關係與互動
	性別角色的學習與突破
	多元文化社會中的兩性平等
V	兩性權益相關議題

作　　者：陳丹燕
出 版 社：國語日報社
出版日期：2001 年 6 月
定　　價：250 元

　　「驚天動地的大事在沒有發生以前，常常就像每一個平靜的日子一樣，這是我的經驗。」發生在陳淼淼家的事情的確是驚天動地的，這一天，她發現她的媽媽是個精靈！有個精靈媽媽其實不錯，她可以帶著妳飛翔，也可以把眼睛和耳朵送到同學家去「現場轉播」補習內容。她說話常常顛三倒四，但是她心中的感情膠水比誰都要乾淨濃密。當淼淼適應了媽媽的精靈身分，更加了解並喜愛精靈時，沒想到有個更大的問題來了，爸爸決定和媽媽離婚！淼淼應該怎麼做，才能讓她的家回復原狀？又如何才能理解爸爸的感覺呢？

　　本書為大陸女性作家陳丹燕，繼《一個女孩》之後的兒童文學創作，靈感來自於女兒對精靈媽媽的要求。淼淼因為一杯摻了黃酒的可樂，發現媽媽的真實身分，以及自己幸福家庭的真相。這是部在輕盈幻想中夾雜現實人生的小說，媽媽的精靈身分給淼淼帶來的不僅是飛天魔法的驚喜，也帶來了現實人生的無奈，這種無奈是精靈法術也無法解決的——人心的距離。

　　本書也可視為淼淼告別童年的成長故事，作者塑造這個個性積極、鬼靈精怪的女孩為主角，融合了人類的踏實和精靈的俐落；她將時間設置在淼淼準備學力考試的時期，瞄準現代兒童背負的學業壓力；她也寫出了淼淼和李雨寰之間，真誠友誼的發展；她審視離婚的議題，描寫敏感的女孩如何試圖挽回父母的婚姻。「孩子能做什麼？」在書中，李雨寰成了淼淼的狗頭軍師，淼淼嘗試了各種讓爸爸擔心的事情，試圖以孩子的力量重建家庭。但是，孩子能作的不僅如此，孩子還能嘗試理解父母的心情，思考愛情和家庭的意義。

　　作者用「心的膠水」來形容人類特有的感情，精靈要等待聽見她的歌聲的人類，才能因為愛而落入人間，身在人間的人呀，怎能忽視心中的情感呢？淼淼因為對父母的愛，對他們的情緒終能感同身受，淼淼珍藏那帶小藍花印記，有個精靈媽媽的童年，在親情和友情的陪伴下，邁向成長的新階段。（盧貞穎）

風車少年

文本論及議題	性別平等教育主要內容項目
	兩性的成長與發展
	兩性的關係與互動
	性別角色的學習與突破
V	多元文化社會中的兩性平等
V	兩性權益相關議題

作　　者：Paul Feischman
譯　　者：沈嘉琪
出 版 社：旗品文化出版社
出版日期：2001 年 6 月
定　　價：240 元

　　這是一個故事，也同時是許多故事，或者說，這是集合了許多人的許多故事的一本書。

　　一位曾經因為小小的挫折而絕望，企圖駕車自殺的少年布萊特，帶著意外代他而死的女孩麗亞的精神，從芝加哥出發，乘車遠行到美國本土的四個角落，將四個麗亞風車留給人們。

　　九個章節包括：布萊特出發的起點，四段旅程，與四組發現風車、與風車相遇的人們的故事。保羅·佛萊許曼以穿插的章節，解讀出風車少年的重生之旅，並以這趟旅程停留的地方、不同的風車為「背景知識」，將四組與風車相遇的人們以「填空」的方式鑲嵌進書中。讀者必須讀出文字與各章節故事「沒有說的」眾多聯結，將各章節的故事重新排列組合，才能描繪出一張精確的地圖，隨著布萊特的腳步前進，並從那些與風車相遇的人們的眼中再一次看見風車。

　　布萊特一路遇到的人們，包括不同個性的美國人，還有來自各國的旅行者。喜愛中國象棋的加拿大單車騎士、了解美國文化的德國青年艾米爾、天真無邪的黑人小孩、讓布萊特敞開心胸說出事件始末的女畫家……。而風車呢？演奏著豎琴的麗亞風車與東尼，一個十歲左右、從小就被美國夫婦收養的韓國孤兒，相遇在華盛頓州。立在加州聖地牙哥青年旅館門口的風車，被一對特地開車來巡禮的猶太人祖孫，賦予它忘記悲傷，迎向光明與歡樂的意義。在佛羅里達，餐廳外牆的小樂隊玩偶讓一位年近中年的男子領略到家庭與愛的真義。寒冷海風不斷颳著的緬因州海邊崖上，兩位少女曾將麗亞風車當作祈禱對象，希望願望能實現。

　　保羅·佛萊許曼精妙的寫作技巧與結構安排，使閱讀此書有著莫大樂趣。此外，透過布萊特和與風車相遇的人們的故事，我們也看見不同國家、不同種族、不同年紀和不同生活經驗的人們，為我們訴說著他們自己的歷史，他們與風車相遇時所產生的新故事。（楊雅涵）

導乀，有男生愛女生

文本論及議題	性別平等教育主要內容項目
V	兩性的成長與發展
V	兩性的關係與互動
V	性別角色的學習與突破
V	多元文化社會中的兩性平等
	兩性權益相關議題

作　　者：毛治平
插　　畫：徐建國
出 版 社：小兵出版社
出版日期：2001 年 6 月
定　　價：250 元

　　正如作者序所寫的，本書所傳達的重要訊息在：成長的過程困難重重。藉由校園生活點滴，揭示了「性」、「校園暴力」等各種層次的青春期問題，並不著痕跡的引導國中生（這樣一個不如國小無知，也不像高中那麼穩重的風暴期），去面對、探索這些疑惑。雖然作者多著墨於青春期愛戀的描寫，於兩性的互動、相處方面，書寫的並不多，甚至在導師和男學生之間的對話，仍擺脫不了傳統「男性」的意識。但是因故事發生在一個普通男女合班的國中，而主角們是一群正面臨不安定青春期的少年男女，和讀者的生活十分契合，應該能引起許多共鳴。

　　一開始就透過「俗辣王」偷拉女生內衣肩帶事件，反映出國中生對異性的好奇，並透過其他人的反應，告訴讀者：如何尊重異性。國中正是第二性徵出現的重要時期，男生和女生開始有了明顯的生理的差異，也開始學習如何定義（位）異性。看看校園中的綽號，就可以清楚顯示出一般人對「男」和「女」的要求與認知——動作粗魯、說話大聲的女生叫「男人婆」、「母老虎」，安靜、溫柔、舉止細膩的男生則被稱為「娘娘腔」，故事中林育霈、林育仁這對雙胞胎姊弟，就是典型「男人婆」和「娘娘腔」。然而，就像兩姊弟的媽媽所說的：「這有錯嗎？」溫柔心細既是一種美德，何以不能男女通用？女生文靜、男生好動；女生溫柔心細、男生粗枝大葉……這真的是天性？還是傳統社會價值及期待的箝制，使得多數人不得不如此——甚至認為自己天生如此？

　　作者輕描淡寫帶過，情感的抒發其實遠多於問題的描寫，也未提供完美解決模式之處，不過讀者可以對照自己的生活，增加許多思考的空間。（賴素秋）

十三歲新娘

文本論及議題	性別平等教育主要內容項目
	兩性的成長與發展
	兩性的關係與互動
V	性別角色的學習與突破
V	多元文化社會中的兩性平等
V	兩性權益相關議題

作　　者：Gloria Whelan
譯　　者：鄒嘉容
出 版 社：臺灣東方出版社股
　　　　　份有限公司
出版日期：2001 年 7 月
定　　價：220 元

　　你能想像二十一世紀的現代，世界的某一個角落仍然發生著「騙媳婦嫁妝給病入膏肓的兒子醫病」的情形嗎？《十三歲的新娘》敘說的就是這麼一個令人同情的故事。

　　十三歲的寇莉生長於印度一個貧瘠的農村，她渴望能和兄弟一樣到學校讀書，但是父母的觀念極為傳統，認為讓女孩子上學是一種浪費，因為女兒「早晚都要嫁人，讀書有什麼用。」另一方面，即使曾質疑父母所安排的婚事，對「和一個從未見過的人過一輩子」感到惶恐，個性溫順的她，仍默然接受命定的安排。然而，寇莉成為寡婦的命運似乎真是命中注定，新婚不久，她的丈夫便因病重過世。或許出於對個人私心的自責，身為教師的公公因愧疚耽誤媳婦的幸福，同意寇莉的請求，教她讀書識字，沒想到知識開闊了寇莉的眼界，為她的生命開啓了另一扇窗，更為她的人生帶來轉機。命運多舛的寇莉，在公公死後，因著婆婆惡意離棄，而在寡婦城裡流浪，但她並未因此屈從於命運，放棄希望。她在好心車伕的幫助下，來到「寡婦之家」，並憑著豐富的想像力和創造力，以及高超的刺繡技能，獲得自給自足的工作機會，不再需要依賴他人的照顧。最後覓得一個愛她、敬她的丈夫，擁有一個幸福的家庭。

　　作者所描繪的，是發生在印度的故事。在今天，印度社會仍普遍遵循著「男尊女卑」的觀念，兩性關係極度不平等，並且充斥著許多迷信，例如「沒了丈夫的寡婦被認為是不祥的」這樣荒謬的想法。因此，讀者不難想像、理解主角寇莉所經歷的悲慘際遇。作者以第一人稱的觀點敘事，使讀者很容易感受寇莉積極、樂觀的性格。正因寇莉從不埋怨自己的命運，從未自暴自棄，因著這種不氣餒、不輕易放棄希望的精神，讓她走過生命裡的寒冬，迎向溫暖的春天。（張淑惠）

安妮‧強的烈焰青春

文本論及議題	性別平等教育主要內容項目
	兩性的成長與發展
	兩性的關係與互動
V	性別角色的學習與突破
V	多元文化社會中的兩性平等
V	兩性權益相關議題

作　　者：Jamaica Kincaid
插　　畫：陳賜燕
譯　　者：何穎怡
出 版 社：女書文化事業有限
　　　　　公司
出版日期：2001 年 7 月
定　　價：200 元

　　這一切像串通好地發生在十二歲那年夏天。安妮發現身體的微妙變化：她長高了，大部分的衣服都穿不下了，腋下還多了一小撮不知名的毛。最讓她驚恐的莫過於發現自己月經來了，而母親卻漠視她的呻吟與求助。母親給她一塊黃顏色底、上面塗滿男人圖案的布料。從那天起，「小姐」這檔麻煩事宛如母親巨大的黑影覆蓋在安妮身上。

　　《安妮・強的烈焰青春》描述加勒比海島國安地卡少女安妮・強的成長故事，情節發展主要是圍繞女主角開始自我察覺，終至選擇離鄉背井與母親割離。

　　作者牙買加・金凱德女士有意地讓女主角的第一件不再拷貝母親的洋裝，竟是畫滿正在彈琴的男性圖案的布料，雖給了她一次正式脫離「母親翻版」的機會，卻無時無刻都在叮嚀安妮：從她正式穿上那件新洋裝起，她即將成為另一個男人的妻子、另一個孩子的母親……等功能性的稱謂，就是無法成為另一個女人，就是無法單純地成為安妮她自己。

　　她有某種東西，讀著讀著，便會讓我的眉頭不自覺地抽緊一下。原來，我開始艷羨起安妮的自信與勇氣。怎麼會有一個女生可以如此有意識，且自然地享受其他女孩投射過來的愛意與崇拜？怎麼會有女生如此堅定地宣告「我們此刻身處且希望永遠占有的這個世界禁止男孩入內，我們只能相互幫忙」？怎麼會有女生有能力在某個乍看之下很開放與多元的社會之中，翻攪根深蒂固的保守與封閉？

　　與其說安妮是個角色形象刻畫成功的虛構人物，不如說她是個過於真實，以致於讓人不忍卒讀的少女，不斷逼人直視起那段非常不快樂，但天知道那鬱悶是從何而來的慘綠歲月。

　　安妮，不再像工廠規格化製造出來的樣板娃娃，得要時時保持完美微笑，而是活生生的、不快樂的和會吵架的、選擇與母親切割斷裂的少女。（黃千芬）

河水，流啊流

文本論及議題	性別平等教育主要內容項目
V	兩性的成長與發展
V	兩性的關係與互動
V	性別角色的學習與突破
	多元文化社會中的兩性平等
	兩性權益相關議題

作　　者：臧保琦
插　　畫：王建國
出 版 社：九歌出版社有限公司
出版日期：2001 年 7 月
定　　價：170 元

　　或許有那麼一個人，曾經在你的心靈深處留下不可抹滅的記憶，在懵懂的年少時光伴你走過一段，談不上是愛情，卻又隱隱約約地觸動你的心房。

　　不過國小高年級的學生，對男女之間的界線已截然畫分，卻又拗不過自己心意地，總想跨過這條界線，就在看似迴避卻心生嚮往的反覆中，首先跨出的，卻是童年的那條線。

　　書中主人翁羅令，就像一般剛對異性產生興趣的孩子，對男女之間的那條界線是那麼敏感，突然出現的男生楊同，在不知不覺中打開了她的心扉，兩個人之間產生的淡淡情愫，像一顆小小的石頭丟在心湖裡，漾起了陣陣漣漪，看似對生活並沒有產生太大的影響，卻始終懸念在心中。在你的成長過程中，是不是也曾有類似的感受，或者正在進行中呢？

　　那麼或許你也會有相同的經驗，被一群八卦的女孩追問細節，或在背後指指點點，再來一群男孩無情的訕笑，拿你們倆作刻意但也許不帶惡意的玩笑。羅令和楊同也遇上了這樣的問題，這個年紀的男孩女孩，總是被那條無形界線畫分得清清楚楚。但真要說他們倆有些什麼，不過就像一般的好朋友那樣，以誠心相對待，彼此鼓勵並給予支持，畢竟朋友也是可以無分性別的。

　　書裡另一位女同學子雅被老師性騷擾的事件，打亂了這些人平靜的生活，子雅原就是一位可以泰然自若與異性相處的女孩，看在其他同學眼裡，雖然覺得不是滋味卻又暗暗羨慕。子雅的特質，卻讓不懷好意的老師利用，以強勢逼迫子雅就範，呈現了社會上、校園令人關注，而又層出不窮的性侵害議題。

　　成長過程中，不免擁有一些難以忘懷的記憶，無論是好是壞，這些記憶終究還是會隨河水流去，自己能掌握的，在於對於事物能有正確的體認與了解，男與女，並非生來對立或非得彼此虎視眈眈的。在你的記憶中，或許也曾經有過許多人，用尊重、用包容、用關懷待你，而這一切非關性別，純粹因為你們是同一條線上的人。(凌夙慧)

第十二個天使

文本論及議題	性別平等教育主要內容項目
	兩性的成長與發展
	兩性的關係與互動
	性別角色的學習與突破
	多元文化社會中的兩性平等
V	兩性權益相關議題

作　　者：Og Mandino
譯　　者：林瑞瑛
出 版 社：新路出版有限公司
出版日期：2001 年 7 月
定　　價：220 元

　　成功的男人應該是什麼樣子？大約就像本書描述的喪妻、喪子之前的主角那樣完美的形象吧！還不到四十歲，正值事業與體能顛峰的年紀，剛接管一家富有潛力與實力的大企業，並在家鄉落地生根，有一棟占地廣大的美麗房屋與綠地，更擁有一個美滿的家庭。

　　然而這美麗鮮亮的光景只是回憶罷了，故事開始於一場天人永隔的意外，主角喪失了他的家人，正處在完全絕望的黑洞中，與所有關心的光線隔絕，準備以一把手槍結束自己的生命。

　　「第十二個天使」就在此時降臨在他的生命裡，不過，這位他生命中最重要的天使卻是以最不莊嚴的方式出場和引起注意。這是最不像天使的天使，十一歲大，手腳幾乎完全不協調，矮小瘦弱，卻一心一意努力要進入當地小鎮的棒球小聯盟。

　　身為棒球小聯盟一員的十一歲男孩，應該要有什麼特質呢？最好是高大、英俊和反應靈敏、跑壘、揮棒和投球樣樣都行。可惜第十二個天使——提摩西完全不符合上述一切特質。同隊球員一開始便嘲笑他沒有十一歲男孩的樣子，對他的表現持觀望的態度。但是提摩西最特別的地方在於他總是不氣餒，並將「絕不放棄」當作人生目標來力行，不斷改進自己的球技。

　　身體上的疾病使提摩西比一般男孩更為虛弱，在練習之初的確受到許多嘲笑與挫折，但當靠技巧與氣力也無法贏得比賽時，提摩西的積極、給隊員的鼓舞與對所有事物的熱情，反而使他成為全隊的中心支柱。提摩西的體能與體育表現，無法達到社會對一般男孩的期望與要求，然而他的強烈意志卻贏得了全隊隊員的愛戴，激勵了整個小鎮，啟發了生命絕望邊緣的專業經理人。

　　這是一個被十一歲、瘦弱天使拯救的前成功企業家以及他帶領的小聯盟球隊的孩子們的故事，也是一個人們與命運之神奮鬥的故事。(楊雅涵)

媽祖回娘家

文本論及議題	性別平等教育主要內容項目
V	兩性的成長與發展
V	兩性的關係與互動
V	性別角色的學習與突破
V	多元文化社會中的兩性平等
V	兩性權益相關議題

作　　者：鄭宗弦
插　　畫：陳裕堂
出 版 社：九歌出版社有限公
　　　　　司
出版日期：2001 年 7 月
定　　價：170 元

　　《媽祖回娘家》是九歌第九屆現代兒童文學獎首獎作品，是一則真正屬於台灣這塊土地的故事。內容講述一位老祖母領著孫子參加徒步進香的活動，除了祈求神明護祐闔家平安外，也爲了找尋自己失散已久的家人。這不只是尋根的故事，作者亦忠實刻畫出現代家庭中存在的代溝、婆媳衝突和隔代教養等問題。老祖母離開鄉下來到城市投靠兒子和媳婦，面對家庭成員異位，新舊觀念的衝突，使她在家庭中找不到定位，因而萌發「尋根」的念頭——希望能找尋失散多年的家人，重拾自尊和自我肯定。閱讀本書，讀者也能透過孫子的觀點，進一步批判與思考兩性平等的議題。

　　現在的孩子較幸運，因爲社會進步，經濟安定，加上一般家庭生育人數不多，孩子個個都是寶！不像書中描述的，在老祖母生長的年代，「女孩子是菜籽命」，隨人播灑：運氣好的，灑到好田裡；運氣差的，灑到磚瓦上，夭折，也只能認命。那樣一個年代，認爲女兒長大是要嫁人的，就像「潑出去的水」，因此貧困人家更容易產生「生女兒是糟蹋家庭糧食」的心態，這一點，從他們爲女兒命名「罔市」、「罔腰」或「罔惜」，即可看出。而書中的老祖母便是在這樣的家庭環境下，淪爲了犧牲品，送給人做養女，開始她坎坷的人生。

　　雖然現代社會講求平等，但實際上許多的平等仍只是假象。例如，故事中主角陳思源的父母皆擁有高學歷與高薪，思源母親在工作上的表現並不亞於父親，但卻在婆媳衝突中，顯示出一味追求兩性平等的假象。雖然一向以新女性自居，媳婦對來自舊時代的婆婆仍存有某些偏見和歧視，因而無視於婆婆的價值，殊不知真正的兩性平等，應是發自內心的尊重。

　　《媽祖回娘家》可讓孩子藉由故事的引導，從過去走到現代，深入思考性別平等的議題，進一步了解：追求兩性平等的社會，才是合理的社會。（張淑惠）

舞在狂熱邊緣

文本論及議題	性別平等教育主要內容項目
V	兩性的成長與發展
V	兩性的關係與互動
	性別角色的學習與突破
V	多元文化社會中的兩性平等
	兩性權益相關議題

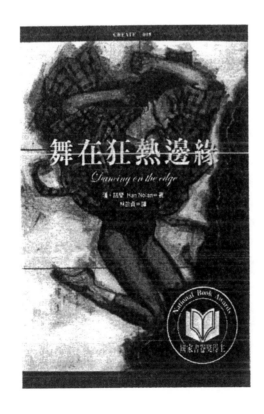

作　　者：Han Nolan
譯　　者：林劭貞
出 版 社：維京國際股份有限
　　　　　公司
出版日期：2001 年 8 月
定　　價：280 元

　　自出生以來，姥姥就不斷地告訴蜜莉可，她是從一個「死亡婦女」的身體裡生出來的，是一大奇蹟；蜜莉可希望成為天才，讓天才爸爸驕傲，也希望得到母親的影子，成為舞蹈家。父親失蹤後，她開始自責，生活中缺乏安全感和存在感，於是以身嘗試那由燭火圍繞的，讓父親消失的魔法世界……。

　　篇首引用狄金生的詩句「我是無名小卒！你是誰？（I am nobody！Who are you？）」正是蜜莉可心中的疑慮，她是被家族祕密扭曲型塑，而失去自我的女孩。

　　作者諾蘭細膩地塑造出人物「壓抑而迷信」的美國傳統南方性格，步步揭露人物的真實景況，「人們只看見他們相信的，而看不見他們不相信的。」她道出了人的脆弱無助和期待能在靈異世界中得到寄託，而生命的真相就像是星雲般模糊的存在，因無法承受而刻意遮掩逃避。她敏感而悲憫地刻畫在成人理不清的心魔中，女孩的矛盾與成長。

　　作者同時身為領養者與被領養者，急切觀照這個問題：「當那些本來應該陪在你身旁，支持你、讓你了解你是誰的人不在你身邊時，你要如何認知自我？」「若大人不斷以『孩子應該受到保護』為由，將家庭的祕密深深埋藏，會對孩子的成長產生什麼影響？」

　　蜜莉可曾在舞蹈課中滿身傷痕，瘀青證明她的存在正如燭火在腿上燃燒，轉變的契機竟要如此痛苦，尤甚的是精神的扭曲與掙扎。在精神治療中，醫師以火車過山洞，比喻撕開傷口面對真相的歷程，要有勇氣走出黑暗面對光明，而愛是這一切的動力，在親人的陪伴下，蜜莉可終於豁然開朗，發現自己存在的獨特，而「愛，可能會變成我所知道最真實的事情。」

　　本書曾獲美國國家書卷獎、校園圖書館月刊年度最佳好書和書目雜誌編輯選書等榮耀，動人訴說女孩找尋自我的成長故事。（盧貞穎）

來自戰地的男孩

文本論及議題	性別平等教育主要內容項目
V	兩性的成長與發展
V	兩性的關係與互動
V	性別角色的學習與突破
	多元文化社會中的兩性平等
	兩性權益相關議題

作　　者：Bernard Ashley
譯　　者：史錫蓉
出 版 社：新苗文化事業有限
　　　　　公司
出版日期：2001 年 9 月
定　　價：270 元

　　「蘿拉聽著母親生氣地下樓的腳步聲。她把『青少年』三個字說得好像是什麼十惡不赦的事。她就是青少年，那又怎樣？」長久以來，青少年跟「叛逆」似乎是同義詞，對有信仰的人更是嚴重，稍有錯誤，就會招致「罪」名，彷彿天下都難以容忍。真的如此嗎？青少年應該有說出心聲的機會吧！

　　蘿拉就是一個青少年，也生活在教會家庭裡。她在耳濡目染下，活躍於教會，參加各種教會活動，更是青少年團契的領袖人物。但是，從一次她和希歐駕車誤以為撞傷人後，眾人皆認為肇事者十惡不赦，內心從此深深的受創。她原本不打算做什麼壞事──只不過跟希歐在一起，表現出一點叛逆的味道──結果，卻變成不可饒恕的大罪人，連天堂也不能上去。她認為她救過肯尼達一命，更為教會盡心盡力做事，如果真有上帝的話，豈能因為她一次無心過錯，就說她墮落，而受到如此的懲罰。為何她沒有受到公平的對待？

　　面對這樣的緊箍咒，蘿拉深覺痛惡，良心上受到箝制，而生活在極度痛苦和罪惡之中。就在這個時候，她發現肯尼達的祕密，於是從中解脫出來，成為一個健康的女孩。肯尼達是來自非洲戰地的男孩，在家人遭到屠殺後，成為一個游擊隊員，一心想替家人報仇，即使到了英國，住進教會家庭，他的意志仍然堅定。蘿拉因此從中獲得啟示，決心尋找一個目標，為自己尋得救贖，於是打算跟肯尼達去非洲，到難民營裡當義工，做慈善的事，以一年的時間考驗自己，以贖清自己的罪，然後重新回到英國，也為自己在天堂贏得一席。這一個善念發出不久，她探望了受傷者，竟發現肇事者另有其人，而終於放下擔子，知道上帝是對的，也決心重回教會。

　　蘿拉遇到挫折，並未隨意的反抗，也未因受挫而退縮，反倒以積極的態度面對和處理，完全擺脫叛逆青少年和懦弱女孩的形象，以正面的行為表達自己的心聲，這是學習，也是成長。（蔡正雄）

星期三的盧可斯戲院

文本論及議題	性別平等教育主要內容項目
V	兩性的成長與發展
V	兩性的關係與互動
V	性別角色的學習與突破
	多元文化社會中的兩性平等
	兩性權益相關議題

作　　者：Janine Teisson
插　　畫：黃南楨
譯　　者：李桂蜜
出 版 社：探索出版有限公司
出版日期：2001 年 9 月
定　　價：180 元

　　許多條線牽引出這個故事：書裡有小海的聲音、有馬蒂爾的聲音、有他們兩人各自在心裡思考的聲音，還有一個以第三人稱全知觀點旁白者的聲音。

　　透過小海及其心裡思考的聲音，我們窺見女孩小海如何外表故作鎮定和大方，心裡卻偷偷地罵著自己或是努力穩住自己的情緒，不讓心裡的顫抖搖晃自己。藉由馬蒂爾的聲音和他在心裡的喃喃自語，我們聽見男孩在開朗和樂觀之外，偶爾也會出現的內心交戰。讀者們很容易就發現兩人真正被對方聽見的聲音其實不多，他們的交談僅止於每星期三的電影約會時間，除了大銀幕上演的電影外，每星期三的盧可斯電影院，還同時上演兩齣精采的、自導自演的內心戲碼，一齣是小海的，另一齣則是馬蒂爾的。他們的戲碼，肩併肩的，在戲院底下的座椅間播放著。不過就如同現實生活中帶著墨鏡的兩人，他們看不見對方的電影。

　　敘述者道出了兩人各自的經歷與過去的故事，還有不斷發生在他們兩人之間的現在進行式。兩人共同的生理特徵，必須由敘述者為讀者補齊他們發生的一切動作和周遭發生的事。多股交織的敘述線織成了這個故事，也使明眼的讀者能從多方角度，清楚、完整、透徹地觀看以兩人為主角的故事。

　　小海和馬蒂爾的交往與一般年輕男女的不同，在於他們內心關於自己生理缺陷的掙扎，說或不說，就是最大的問題。兩人都覺知到自己仍是不同於常人的，不管自己的生活態度如何。兩人在各自的生活圈中，都同樣遭遇過因他們生理缺陷而視他們為特殊人物的人們。最後，兩人向對方坦承自己生理上的缺陷，說明了特殊並不可恥，也不需要隱瞞，認識並且尊重每個人的不同之處，才是族群平等相處的根本之道。

　　本書在敘事與特殊族群方面有不錯的構想，若能使讀者保持到最後才恍然大悟，與顛覆擁有共同缺陷的情侶大圓滿結局，當會更有趣。（楊雅涵）

薄冰上之舞

文本論及議題	性別平等教育主要內容項目
	兩性的成長與發展
V	兩性的關係與互動
	性別角色的學習與突破
	多元文化社會中的兩性平等
V	兩性權益相關議題

作　　者：Pernilla Glaser
譯　　者：蔡季芬
出 版 社：商周出版
出版日期：2001 年 9 月
定　　價：180 元

「能夠這樣一起跳舞，是多美好的一件事！」

他和她的愛情，串聯在每一次相擁起舞中，卻因為面臨了死亡的威脅，而使得即便只是移動雙腿，輕輕搖擺身體這樣對任何一對戀人來說再簡單不過的動作，都變成了他們的負擔與渴望。

這不是一個簡單的愛情故事，更不同於時下任何一本套用公式的愛情小說。作者珮尼拉‧葛拉瑟用第一人稱敘述的手法，寫下她對已不在人世的戀人羅伯森的緬懷與想念。兩人的相遇、相識和相愛，就像是一般年輕男女的愛情一樣，充滿了浪漫與激情，不同之處在於羅伯森必須面對癌症病魔的侵襲，而珮尼拉必須與之相互扶持，並且面對一波波的衝擊與現實。在這樣一本真實而不矯作的書中，愛情所產生的巨大力量，終究無法與死神的權威抗衡，奇蹟並沒有發生在這對年輕戀人的身上，珮尼拉最終還是必須面對心愛戀人的死去。

作者的娓娓述說，像是對戀人不捨的喃喃低語，她毫無保留地表現出最真實的自己，說出了她的愛、她的恐懼和疲憊、她的軟弱和堅強，面對這樣無可逃避的宿命，作者盡管曾在脆弱與堅強之間反覆遊走，最終依然憑藉著意志戰勝了迷惘，讓愛情支撐兩人共有的最後時光，也支持她此後一個人活著的堅強，更提供給讀者與他們共享悲喜的力量。

愛情，人人心生嚮往；死亡，則人人紛紛走避，當愛情與死亡相遇，往往構築成淒美的故事，但在《薄冰上之舞》中，淒美不是唯一的特質，死亡一樣對書中人物、對讀者產生了衝擊，但作者最終所呈現的堅強，卻是愛情力量的實證，也是這本書予人創新之感的重要原因之一。（凌夙慧）

開心女孩

文本論及議題	性別平等教育主要內容項目
	兩性的成長與發展
	兩性的關係與互動
V	性別角色的學習與突破
V	多元文化社會中的兩性平等
V	兩性權益相關議題

作　　者：秦文君
插　　畫：曹俊彥
出 版 社：民生報社
出版日期：1996 年 6 月
定　　價：250 元

　　開心女孩是誰呀？就是作者秦文君女士！《開心女孩》共包括五十篇短篇故事，以第一人稱的女孩敘事，寫出作者秦文君童年時期的點滴回憶。

　　小文君有寬厚開明的父母，兩個調皮的弟弟，還有一整樓房的長輩和玩伴，活潑聰穎的她住在這樓房裡，怎能不熱鬧、歡喜長大呢？作者以短篇故事活靈活現地刻畫記憶中形形色色的成人世界、個性鮮明的友伴、友伴間的玩鬧和情義、親人間的相處，還有童年時探索世界的雄心壯志、女孩夢想當公主、演仙女的糗事……瑣碎卻溫潤如珠玉，輕輕觸動大小讀者的童年回憶。

　　書中也能看到女孩對女性角色的敏感觀察，〈長輩夢〉中，小文君回憶和友伴小燕玩「作媽媽」的遊戲，才發現，作媽媽是很辛苦的！她也寫到媽媽的開明和糊塗、友伴們的母親、還有在生活中累積經驗智慧，讓小文君當作「女巫」崇拜不已的外婆、成為孩子審美標準的「王美人」老師等……。由父母的互動中，觀察為人婦的角色，這些女性角色都在女孩心中烙下印記，作為性別角色認同的範例。

　　秦文君雖然經歷過文革動盪，仍能以樂觀幽默的態度描寫生活，顯現強韌的生命力，女性作家書寫的女孩童年生活，清新而細膩，有著家常生活中瑣碎而溫暖的氣息。文字俏皮富童趣，簡潔而明朗，彼岸的敘事口吻和習慣用字，讀來感受新鮮，小讀者也可藉此間接體驗不同時代、地域的童年生活。

　　張子樟教授在評析中指出，本書「雖是平常人家的小故事，卻能充分傳達人性的種種不凡訊息。」的確，小文君的故事並不僅是嬉鬧趣味。也寫出童年時所見的誤解、機巧等人性中較陰暗的面向，在故事的末尾，作者常輕輕淡淡地說出她真誠的體悟，情味豐富，讓本書的層次更加豐富深刻；全書搭配曹俊彥老師生動活潑的插圖，開心女孩的生活躍然紙上。（盧貞穎）

回首青春

文本論及議題	性別平等教育主要內容項目
V	兩性的成長與發展
V	兩性的關係與互動
V	性別角色的學習與突破
V	多元文化社會中的兩性平等
V	兩性權益相關議題

作　　者：李元貞等
出版社：女書文化事業有限
　　　　公司
出版日期：1997 年 12 月
定　　價：200 元

　　女性意識的覺醒與傳承，是女權運動者一直以來努力的目標，因為女人要先懂得肯定自己，愛惜自己，才能走出男性威權的陰影。這本由將近三十位女人執筆所寫的青春記憶，是女人書寫自己的人生經驗，藉以進行自我反省與經驗交流；年輕女孩在閱讀長一輩或略長一輩的少女經驗中，在心裡植下對自我性別認同、肯定的種子，期待有朝一日能萌出女性意識之芽。

　　全書分三輯，分別是：求學與成長的軌跡、戀情與親情的變貌、身體與情慾的告白。尋著少女時期的成長經驗，以散文的筆法，娓娓道出青春少女的心事及身為「女性」的種種美麗與哀愁。在一篇篇短文中，薄慶容願時光倒回時，能〈廣結天下豪放女〉；黃陳來紅深感女性要衝破〈玻璃天頂〉尋找出路；陳質采懷念〈不塗口紅的日子〉；蘇芊玲自覺逐漸被〈異化〉的人生；高惠春想起初戀的〈害羞男孩〉；果東十四歲開始的同性〈童戀〉；黃隨第一次月經來，緊張的躺在床上〈等待死亡〉；在〈回憶與多重真實〉中，林芳玫回憶自己差點遭受性侵害的過程；而劉仲冬回想起同學〈阿枝及在省女的那段日子〉時，仍深深感慨……還有許許多多女孩的心情、女孩的身體、女孩和女孩的愛情、友情及女孩的成長故事都在這本書中。

　　特別的是，書中不少女人寫到少女來月經的身體感受，這是少女難以啓齒，卻又影響自我認同甚鉅的重要之事。雖然美名之為「好朋友」，其實「她」為女性帶來的麻煩事不少，可是會讓人「身心俱疲」的。透過書中的小故事，女孩「既期待又怕受傷害」的「好朋友心結」總算得到了抒發。

　　正如李元貞撰寫的序言所述，這是一曲「不同女人的混聲合唱」，而這歌聲傳唱的，正是每一個女孩或女人心裡對自我的疼惜。（施佩君）

向左走・向右走

文本論及議題	性別平等教育主要內容項目
V	兩性的成長與發展
V	兩性的關係與互動
	性別角色的學習與突破
V	多元文化社會中的兩性平等
V	兩性權益相關議題

作　　者：幾米
插　　圖：幾米
出 版 者：格林文化事業股份
　　　　　有限公司
出版日期：1999 年 2 月
定　　價：400 元

　　愛情，是少男少女心中最瑰麗的夢，也是最飛馳的想像。夢想何時能成真？想像的翅膀何時會收攏落下？又會以何種樣態翩翩飛來呢？

　　幾米以藝術家的心，多彩的畫，簡潔而充滿詩意的文字，編織了「他」和「她」在城市裡無盡的追尋，在「巧合」與「錯過」的情節中，以幽默的筆調、豐富的想像和獨特的說故事技巧，圓了一個皆大歡喜的結局。這段城市男女相知相惜的戀愛故事，其實也是少男少女的早熟心事，雖然只是藉由圖文偷窺成人世界的寂寞與愛情，卻能在輾轉的故事中學會：從容面對人際間的來來去去。就像那首摘譯自辛波絲卡的詩：「他們彼此深信，是瞬間迸發的熱情讓他們相遇。這樣的確定是美麗的，但變幻無常更為美麗。」

　　在同一座城市，同一個郊區，同一棟舊公寓大樓，每一次出門，「她」習慣性的先向左走，「他」習慣性的先向右走。他從不曾遇見她。但是「人生總有許多巧合，兩條平行線也可能會有交會的一天。」他們度過了一個快樂而又甜蜜的下午，也互相留下電話。但一場大雨，模糊了紙上的數字。「人生總有許多的意外，握在手裡的風箏也會突然斷了線。」他們開始在城市中一次又一次地錯身。直到有一天，巧合再度發生。

　　「你永遠不知道，你的習慣會讓你錯過什麼。」幾米在圖畫中巧心地安排這種遺憾，卻不讓人感到憂傷。彷彿我們在心急，也在等待，等待他們下一次的相遇，我們總是知道他們會相遇，因為幾米在圖畫中這麼說：只要一個回頭，他就能看見她，她就能遇見他了。

　　我們是不是也常常這麼急忙忙的走著，卻不曾看看四周，錯過了什麼呢？我們是不是也常常倚在同一面牆上，想著對方在哪裡呢？也許，對於一個知心的人，我們可以不只是等待，還可以去發現，轉轉頭，去發現。

（施佩君）

附錄：性別平等教育 優良讀物 100 少年版書目

童話類書目 7 本

書　　名	作　　者	出　版　社	出版年月
同志童話	彼得・卡修樂里著 景翔譯	開心陽光出版有限公司	1996.11
醜女與野獸	芭芭拉・G・沃克著 薛興國譯	智庫股份有限公司	1996.12
小王子	安東尼・聖修伯里著 吳淡如譯	格林文化事業股份有限公司	1998.02
七個小矮人	蕾緹希亞・奇拉著 楊子葆譯	小知堂文化事業有限公司	1999.03
亞頓城的魔法	意・奈士比特著 劉蘊芳譯	臺灣東方出版社股份有限公司	2000.01
鐵路邊的小孩	意・奈士比特著 海星譯	臺灣東方出版社股份有限公司	2000.01
政治正確童話	詹姆士・芬・加納著 蔡佩宜譯	晨星出版有限公司	2000.07

小說類書目 92 本

書　　名	作　　者	出　版　社	出版年月
守著孤島的女孩	哈利・梅瑟著 姜慶堯譯	英文漢聲出版有限公司	1989.06
奶奶	彼德・哈特林著 張南星譯	富春文化事業股份有限公司	1989.07
通往泰瑞比西亞的橋	凱薩琳・帕特森著 鍾瑢譯	英文漢聲出版有限公司	1989.08
討厭艾麗絲	蘿冰・克蘭著 李文瑞譯	英文漢聲出版有限公司	1989.10

海豚少年	著 林立譯	富春文化事業股份有限公司	1990.04
綠色屋頂之家的安妮	露西·M·蒙哥馬利著／李常傳譯	可筑書房	1991.07
少年噶瑪蘭	李潼	天衛文化圖書有限公司	1992.05
小婉心	管家琪	天衛文化圖書有限公司	1992.06
瑪迪達	羅德·達爾著 何風儀譯	漢藝色研文化事業有限公司	1992.12
浪潮	莫頓·盧著 溫淑真譯	英文漢聲出版有限公司	1993.03
少年龍船隊	李潼	天衛文化圖書有限公司	1993.11
小婦人	露薏莎·奧科特著 黃文範譯	志文出版社	1994.03
烽火洛瓦城	奈莉·杜兒著 中唐編輯部譯	中唐志業有限公司	1994.08
少年曹丕	陳素燕	九歌出版社有限公司	1994.09
家有小丑	秦文君	九歌出版社有限公司	1994.09
一千隻紙鶴	艾琳諾·可兒著 管家琪譯	新自然主義股份有限公司	1995.07
莎邦娜	蘇珊·費雪·史坦波著／殷于譯	中唐志業有限公司	1995.07
珍珠奶茶的誘惑	管家琪	幼獅文化事業股份有限公司	1995.08
天才不老媽	陳素宜	九歌出版社有限公司	1995.09
家教情人夢	管家琪	幼獅文化事業股份有限公司	1995.09
愛爾蘭需要我	詹姆士·黑勒格漢著／褚耐安譯	中唐志業有限公司	1995.09
親愛的歐莎娜	陳素燕	幼獅文化事業股份有限公司	1995.09
強盜的女兒	阿絲特麗·林格倫著／張定綺譯	時報文化出版企業（股）公司	1996.03
「阿高斯」失蹤之謎	盧振中	九歌出版社有限公司	1996.07

山中小路	瑪莉亞·古萊珮著 柯清心譯	時報文化出版企業（股）公司	1996.08
河豚活在大海裏	寶拉·福克斯著 蔡美玲譯	時報文化出版企業（股）公司	1996.08
二十四隻眼睛	壺井榮著 孫智齡譯	實學社出版（股）有限公司	1997.02
沒勁	班馬	民生報社	1997.03
及時的呼喚	馬德萊娜·朗格朗著／江世偉譯	智茂文化事業有限公司	1997.04
天使雕像	E.L.柯尼斯伯格著 吳淑娟譯	智茂文化事業有限公司	1997.04
吉莉的抉擇	凱薩琳·帕特森著 方美鈴譯	智茂文化事業有限公司	1997.04
秀巒山上的金交椅	陳素宜	九歌出版社有限公司	1997.04
貝絲丫頭	Bette Greene 著 吳禎祥譯	智茂文化事業有限公司	1997.04
夏日天鵝	貝茲·拜阿爾斯著 何夢秋譯	智茂文化事業有限公司	1997.04
真情蘋果派	管家琪	幼獅文化事業股份有限公司	1997.04
黑色棉花田	蜜爾德瑞·泰勒著 吳禎祥譯	智茂文化事業有限公司	1997.04
孿生姐妹	凱薩琳·帕特森著 李雅雯譯	智茂文化事業有限公司	1997.04
將軍與兒子	羅伯·寇米耶著 廖世德譯	中唐志業有限公司	1997.07
藍藍的天上白雲飄	屠佳	九歌出版社有限公司	1997.09
兩個女人	薇瑪·瓦利斯著 喻小敏譯	玉山社出版事業股份有限公司	1997.12
大腳李柔	張如鈞	小魯文化事業股份有限公司	1998.02
一把蓮	林滿秋	小魯文化事業股份有限公司	1998.05
一個愛的故事	露絲·懷特著 趙永芬譯	小魯文化事業股份有限公司	1998.05

賓傑戀愛了	彼德・哈特林著張南星譯	富春文化事業股份有限公司	1998.05
一名女水手的自白	艾非著徐詩思譯	小魯文化事業股份有限公司	1998.06
海蒂	喬安娜・史碧瑞著林淑琴譯	臺灣商務印書館股份有限公司	1998.07
小殺手	傑瑞・史賓尼利著趙永芬譯	小魯文化事業股份有限公司	1998.12
女生的交換日記	井上明子著嶺月譯	文經出版社有限公司	1999.01
什麼樣的愛？	希拉・科爾著傅湘雯譯	幼獅文化事業股份有限公司	1999.02
滑輪女孩露欣達	露絲・索耶著林秋平譯	小魯文化事業股份有限公司	1999.02
別哭，泥娃娃	蘭妮・麥坎納・馬克著／傅湘雯譯	麥田出版股份有限公司	1999.03
一個女孩	陳丹燕	民生報社	1999.06
太平天國	凱薩琳・彼得森著連雅慧譯	小魯文化事業股份有限公司	1999.06
地圖女孩 vs.鯨魚男孩	王淑芬	小魯文化事業股份有限公司	1999.06
甜玉米和爆米花	管家琪	幼獅文化事業股份有限公司	1999.06
傷心 CHEESE CAKE	管家琪	幼獅文化事業股份有限公司	1999.06
閣樓裡的祕密	松谷美代子著彭懿譯	小魯文化事業股份有限公司	1999.07
我們的祕磨岩	李潼	圓神出版社有限公司	1999.12
阿罩霧三少爺	李潼	圓神出版社有限公司	1999.12
戲演春帆樓	李潼	圓神出版社有限公司	1999.12
藍色的湖水今天是綠的	尤塔・戴瑞貝著陳意文譯	玉山社出版事業股份有限公司	1999.12
產婆的小助手	凱倫・庫什曼著姚文雀譯	晨星出版有限公司	2000.02

再見天人菊	李潼	民生報社	2000.03
我想要一個家	李察·彌尼特著 子鳳譯	維京國際股份有限公司	2000.03
默默	麥克·安迪著 李常傳譯	遊目族文化事業有限公司	2000.03
我那特異的奶奶	瑞奇·派克著 趙映雪譯	臺灣東方出版社股份有限公司	2000.04
地板下的舊懷錶	姬特·皮爾森著 鄒嘉容譯	臺灣東方出版社股份有限公司	2000.07
淡藍氣泡	廖玉蕙	幼獅文化事業股份有限公司	2000.08
回家的路	貝茲·拜阿爾斯著 馬祥文譯	臺灣東方出版社股份有限公司	2000.09
屋頂上的小孩	奧黛莉·克倫畢斯著／劉清彥譯	三之三文化事業股份有限公司	2000.09
親愛的卡塔琳娜	凱瑟琳·溫特著 鄭文琦譯	維京國際股份有限公司	2000.09
把愛說出來	瓊安·艾伯羅芙著 范文莉譯	維京國際股份有限公司	2000.10
湯姆叔叔的小屋	哈麗葉·畢查·史托著／梁祥美譯	志文出版社	2000.11
青春跌入了迷宮	林峻楓	富春文化事業股份有限公司	2000.12
二哥情事	可白	小兵出版社	2001.01
來自無人地帶的明信片	艾登·錢伯斯著 陳佳琳譯	小知堂文化事業有限公司	2001.01
山月桂	瑞雪爾·菲爾德著 劉蘊芳譯	臺灣東方出版社股份有限公司	2001.02
少女與鬱金香	格萊葛利·瑪奎爾著／韓宜辰譯	商周出版	2001.03
我不再沉默	羅瑞·霍爾司·安德森著 陳塵、胡文玲譯	維京國際股份有限公司	2001.04
祕密花園	法蘭西絲·霍森·柏納著／柔之譯	小知堂文化事業有限公司	2001.05

我的媽媽是精靈	陳丹燕	國語日報社	2001.06
風車少年	保羅‧佛萊許曼著 沈嘉琪譯	旗品文化出版社	2001.06
導ㄟ，有男生愛女生	毛治平	小兵出版社	2001.06
十三歲新娘	葛羅莉亞‧魏蘭著 鄒嘉容譯	臺灣東方出版社股份有 限公司	2001.07
安妮‧強的烈焰青春	牙買加‧金凱德著 柯穎怡譯	女書文化事業有限公司	2001.07
河水，流啊流	臧保琦	九歌出版社有限公司	2001.07
第十二個天使	奧格‧曼迪諾著 林瑞瑛譯	新路出版有限公司	2001.07
媽祖回娘家	鄭宗弦	九歌出版社有限公司	2001.07
舞在狂熱邊緣	漢‧諾蘭著 林劭貞譯	維京國際股份有限公司	2001.08
來自戰地的男孩	柏納德‧艾許萊著 史錫蓉譯	新苗文化事業有限公司	2001.09
星期三的盧可斯戲院	珍妮‧泰森著 李桂蜜譯	探索出版有限公司	2001.09
薄冰上之舞	珮尼拉‧葛拉瑟著 蔡季芬譯	商周出版社有限公司	2001.09

其他類書目 3 本

書　　名	作　　者	出　版　社	出版年月
開心女孩	秦文君	民生報社	1996.06
回首青春	李元貞等	女書文化事業有限公司	1997.12
向左走‧向右走	幾米	格林文化事業股份有限 公司	1999.02

國家圖書館出版品預行編目（CIP）資料

林文寶兒童文學著作集. 第四輯, 其他編 / 林文寶作.
-- 初版. -- 臺北市 : 萬卷樓圖書股份有限公司,
2023.09
　　冊 ; 　公分. --（林文寶兒童文學著作集 ;
1605004）
ISBN 978-986-478-988-7（第 11 冊 : 精裝）. --
ISBN 978-986-478-989-4（全套 : 精裝）

1.CST: 兒童文學 2.CST: 文學理論 3.CST: 文學評論
4.CST: 臺灣

863.591　　　　　112015560

林文寶兒童文學著作集　第四輯　其他編　第十一冊

性別平等教育優良讀物
少年版（修編版）

作　　者　林文寶
主　　編　張晏瑞

出　　版　萬卷樓圖書股份有限公司
發行人　林慶彰
總經理　梁錦興
總編輯　張晏瑞
聯　　絡　電話 02-23216565　　　傳真 02-23944113
　　　　　網址 www.wanjuan.com.tw
　　　　　郵箱 service@wanjuan.com.tw
地　　址　106 臺北市羅斯福路二段 41 號 6 樓之三
印　　刷　百通科技股份有限公司
初　　版　2023 年 9 月
定　　價　新臺幣 18000 元 全套十一冊精裝 不分售
ISBN　978-986-478-989-4（全套 : 精裝）
ISBN　978-986-478-988-7（第 11 冊 : 精裝）

全套十一冊不分售

ISBN 978-986-478-989-4

9 789864 789894